이벽

이 벽

이소인 지음

"강한 게 뭔 줄 아니?"

버티는 것도 강한 거지만,
때로는 아프다고 말하는 것도 강한 거야.

바른북스

작가의 말

중학교 2학년이던 해, 세상은 조금씩 달라지기 시작했습니다.

"나는 어느 고등학교에 가야 할까?", "무엇이 가장 나에게 유리하지?"

… 그리고 같은 시간 저 또한 같은 생각을 하고 있었습니다.

익숙하던 일상은 점차 전략과 계산의 언어로 채워졌고, 친구들의 눈빛에도 경쟁의 그림자가 아른거리기 시작했습니다.

그때 제 귓가에 가장 멀리, 그러나 가장 깊게 와닿았던 말은 이 한 문장이었습니다.

"인생은 경쟁이야."

옆을 지그시 쳐다보니 모두가 그 말을 듣고는 더 치열하게 살기 시작하는 모습이 보였습니다. 한때는 그냥 해맑게 웃는 친구들이었던 그들이, 서로 바라만 봐도 웃음이 끊이질 않았던 그날의 봄은 분주할 뿐이었습니다. 저 역시도 그 흐름에 휩쓸린 채, 이른 아침에 눈을 뜨고, 하루를 쫓기듯 살아가기 시작했습니다. 학교를 가고, 숙제를 하고, 밤늦도록 책상 앞에 눌러앉아 하염없이 풀리지 않는 문제를 붙잡고 있었습니다.

점차 입에서 습관적으로 나오는 말, 그리고 주변에서 들리는 말들은 "고마워.", "잘할 거야."가 아닌 "힘들어.", "왜 살아야 하지?" 이런 말들뿐이었습니다. 그러다 보니 점차 일상의 소중함과 웃음, 그리고 주위 사람들에 대한 소중한 마음은 사라져 버렸습니다. 그 무렵, 문득 떠오른 생각이 있었습니다.

"지금 이 마음을, 말이 아닌 글로 남겨볼까?"

그렇게 저는 처음으로 글을 쓰기 시작했습니다. 처음에는 막연한 기록일 뿐이었지만, 점차 그것은 제 감정을 다스리고, 삶을 성찰하는 과정이 되었습니다.

이벽 아저씨라는 허구의 인물을 빌려, 제 안의 불안과 혼란, 갈망과 질문들을 하나씩 꺼내 보기 시작했습니다. 현실에서 마주하지 못했던 감정들을 문학이라는 세계 속에서 마주하는 일은 때론 아프기도, 새롭기도 했습니다.

물론, 책을 써 내려가는 과정은 생각보다 힘난했습니다. 같은 말을 되풀이하는 듯한 느낌에 스스로 의심이 들기도 했고, 이렇게 쓰는 것이 과연 맞는지 고민하는 순간도 많았습니다. 그럼에도 불구하고, 자유롭게 글을 쓸 때의 행복감은 잊을 수 없었습니다. 상상의 나래를 펼치며 '정말 이벽 아저씨가 내 곁에 있다면 어땠을까?' 하는 생각을 수도 없이 반복했죠.

그렇게 2년 4개월이라는 시간이 흘렀고, 조심스럽게 시작했던 몇 줄의 문장이 결국 한 권의 책이 되어 고등학교 1학년이 된 지금, 세상에 나올 수 있게 되었습니다.

이 책이 누군가에게는 작은 위로가 되기를, 고요히 스

쳐 지나가는 문장 하나라도 독자 안에서 긴 여운을 남기기를 바랍니다.

아직 부족한 점이 많지만, 저는 결코 멈추지 않고 계속해서 제 꿈을 펼쳐나가겠습니다. 부디 따뜻한 시선으로 지켜봐 주시길 바랍니다.

마지막으로, 미완의 원고에 가능성을 보며 끝까지 함께해주신 바른북스 출판사에게 진심 어린 감사의 마음을 보냅니다.

감사합니다.

차례

작가의 말

제1장 | 허황하다고 말할 수 있는

허황된 삶에 대하여 _14
학교 가기 _19
기억하고 싶지만, 싫은 걸 어쩌라고 _25
휴무합니다 _31
허황함, 그게 뭔데? _35
왜… _40
처음 봤을 때, 느껴지는 허황함 _48
하루가 지나면 하루가 온다는 사실 _52
골치 아픈 존재 _57
딴생각 아닌 딴생각 _60
잘못한 게 없는데 죄인이 된 것처럼 느껴지는 순간 _66
불안정한 숨소리가 그치게 _69

제2장 | 잠시나마 기뻐할 수 있는

잠시 외출합니다 _74
기다려 봐, 아직 이야기는 시작되지 않았으니까 _78
내가… 쟤를 좋아하는 건가? _80
그 아이의 이름 _83
오늘따라 유난히 어두운 아침 _86
그 친구에 대한 것 _89
행복이 허황함이 될 때 _92

제3장 | 당신을 보며 웃을 수 있는

불안했어 _100
그를 스치는 따스한 손길 _102
누군가와 함께 시간을 보낸다는 건 _108
해야 하는 건데, 한다 _110
느닷없이 _114
삶이란 _115
이별 1 _120
어쩌면… _124
봄이라서 그럴지도 _132
위로도 못 하는 내가 싫어서 _137
이별 2 _144
나쁜 아이 _148

제4장 | 어렵게 띤 미소를 지워버리는

악랄한 애, 근데 아프다잖아 _154
운 없는 내 동생 _157
혼자가 아닌 살아가는 것 _166
다음에 올게, 운별아 _170
안쓰럽다 _176
나는 그저 세상이 넓은 줄 알았다 _179
인생의 실수 _184

세상은 너무나도 허황했다

제1장

허황하다고 말할 수 있는

허황된 삶에 대하여

허전하다. 그냥 허전하다.

이런 허황된 삶. 나도 살아가고 있다.

모두들 자신의 삶에 대해 비판한다.

왜? 그야 자신의 삶에 만족을 못 하기 때문이다. 그래서 우리는 인간이란 동물은 정말이지 악랄하다고 말하는 것이다. 그저 자신들의 욕구 충족을 위해 살아가고, 이를 서로 비교하기도 하는, 이런 허황된 인간들.

살다 보면 나, 윤고율이란 존재가 어디서 왔을까 하는

생각이 든다. 도대체 누가 나를 창시하였는가. 누가 나를 헤어 나올 수 없는 구멍에 빠지게 했는가. 허무하다. 나는 그것도 모르면서 이런 허황된 삶을 살아가고 있다니. 정말 한심하기 짝이 없다. 이를 깨닫기 시작한 것이 언제부터였던 걸까…. 난 언제부터 허황된 삶에 빠져버려 허우적거리고 있는 것일까.

이런 삶의 변곡점은 이벽 씨를 만나면서부터였다. 그의 이름은 정말 '이벽'이었다. 처음에 난 그의 이름을 듣자마자 뭔가 단단하고도 무너지지 않는, 흔들림 없는 사람을 생각했다. 하지만, 그건 전혀 아니었다. 그는 정말 내가 본 사람들 중, 가장 적막했다.

그냥 무너진 사람이었다.

1년 전 아내를 잃은 슬픔과 그 뒤에 닥쳐오는 시련들을 감당하지 못하고 그냥 모든 걸 저버린, 그런 사람이었다.

나는 그의 밝은 모습을 알고 있었기에, 그를 볼 때마다 몰려오는 안타까움을 감당하지 못했다. 그는 정말 멋진 사람이었고, 내가 마음을 연 유일한 사람이었다. 그는 우리 아파트에서 친절한 웃음으로 유명한 경비 아저씨였다. 매일 먼저 누구에게나 친절한 웃음과 함께 인사를 건 넸다. 내가 집을 나왔을 때도 다른 이들과 나를 다른 시선으로 봐주었던 사람은 이벽 아저씨뿐이었다.

한 2년 전쯤이었을까. 우리 집의 상황은 말 그대로 최악이었다. 아빠는 우릴 가족으로 보지 않았다. 짐승으로 봤다면 차라리 나왔을지도 모른다. 그는 항상 자신이 겪는 고난들에 대한 스트레스를 우리에게 표출했다. 그래서 매일 엄마와 나는 아빠의 감정에 시달렸다.

그때 나는 고작 열네 살짜리 남자아이였다. 그래서 나는 조용히, 들키지 않게 살아남는 법을 터득해야만 했다.

악랄했다. 악독하고 무서웠다. 누가 이 세상에 태어나서 다름 아닌 자신의 아빠가 자신을 망치게 될 것이라고 생각할까. 그런데, 그건 내 이야기였다. 아니, 그냥 이런 일상이 반복될 뿐이었으니까.

엄마는 늘 나에게 말했다.

"고율아, 지금 엄마는 지쳤어. 정말 지독하게 지쳐버렸어. 근데 왜 후회되지는 않을까? … 너희 아빠를 만난 것도, 너를 낳은 것도, 후회해야 할 일인데…. 전혀 후회되지가 않아."

이런 말을 하는 엄마가 한편으로는 안타까워 가슴이 저려왔지만, 한심했다. 지나치게도 한심했다.

그렇게 열심히 공부해서 자신의 꿈을 향해 나아가던 사람이, 남자 하나 잘못 만나서 한순간에 인생이 시궁창이 되어버렸는데도 후회되지 않는다니. 이해가 안 되는 것은 둘째 치고, 너무 한심했다.

그러면서 엄마가 하는 말이 "그런데 말야…. 우리 고율이한테…. 너무 미안해…."였고, 그러면서 엄마는 굵은 눈물 한 방울을 떨어뜨렸다.

나는 이런 말…. 엄마한테 듣고 싶지 않았다. 왜 잘못한 게 없는 엄마가 나한테 미안하다고 하는지 참…. 이게 문제다. 이 허황된 세상에서는 정말 잘못한 사람은 자신의 잘못을 알기는커녕 더 악독해지고, 아무런 죄가 없는 사람은 늘 한탄하고, 마음을 아파하는 것이다. 그래서 나는 항상 "엄마, 나는 항상 말하지만, 괜찮아요. 엄마 몸이나 걱정하세요. 제 걱정은 마시고."라고 말하며 그 차가운 자리를 피해버리는 게 내 습관이었다.

그리고 나는 조용히 내 마음속에서 훌쩍이는 나를 진정시켰다.

울면 안 돼.

강해져야 해.

시간은 늘 앞으로 흘렀지만, 어떤 기억은 끝내 나를 놓아주지 않는다.

지금부터, 그 시간의 틈에 숨겨져 있던 2년 전의 이야기를 꺼내려 한다.

이건 단순한 과거의 회상이 아니다.

지금의 나를 만든 이야기다.

학교 가기

　허황된 아침이 밝아온 날, 나는 여느 때처럼 6시에 일어나 학교 갈 준비를 마친 뒤, 손에 지갑을 들고 집을 나섰다. 아빠가 일어나는 시각이 7시였기에, 그냥 조용히 나가고 싶었다.

　나는 집을 나서자마자 항상 가던 편의점으로 갔다. 그리고 내가 항상 먹는 참치마요 삼각김밥을 찾아 먹었다. 허황된 아침을 채우기 딱 좋은 메뉴였다. 항상 편의점에서 나오면 정말 아무도 주변에 없다는 것을 깨달았다.

　고요했다.

그런데 나는 이런 고요함이 좋았다.

그런데 우리 아파트 단지를 나서려는 순간, 고요함이 산산조각 났다. 누군가 나한테 인사를 했다. 우리 아파트 경비 아저씨였다. '참…. 경비 아저씨가 부지런도 하네. 월급도 얼마 안 될텐데 저렇게 열심히 살아서 뭐 한담.' 나는 아랑곳하지 않고 그냥 가던 길을 갔다. 그 아저씨의 미소가 떠올랐다. 싫진 않았지만, 미웠다. 아니, 사실 부러웠다. 나는 저렇게 환하게 웃은 적이 있던가.

학교에 도착하니 고요함은 더 고조되었다. 나는 교실에 들어가 내 책상 위에 엎드렸다. 엎드리니 캄캄했다. 마치 내 삶 같았다. 그래서 조용히 눈을 질끈 감았다.

"야 윤고율, 일어나 얼른."

내 짝지인 이재석의 목소리였다. 재석이는 초등학교 때부터 끈질기게 이어져 온, 이상하게도 곁에 있으면 딱히 싫지도 않은 그런 친구였다. 싸운 적도 많았고, 사소한 이유로 며칠씩 말하지 않은 적도 있었지만, 결국에는 다시 말하게 되는, 말하지 않아도 서로를 알았다.

어느새 정신을 차려보니 1교시가 시작되고 있었다. 나는 허둥지둥 국어책을 서랍에서 꺼내 책상 위에 펼쳤다. 아 자식. 깨울 거면 진작에 깨우지. 얄밉기도 하다. 국어 선생님은 책 16쪽에 있는 기형도 시인의 〈엄마 걱정〉을 큰 소리로 낭독하셨다.

열무 삼십 단을 이고
시장에 간 우리 엄마
안 오시네, 해는 시든 지 오래
나는 찬밥처럼 방에 담겨
아무리 천천히 숙제를 해도
엄마 안 오시네, 배춧잎 같은 발소리 타박타박
안 들리네, 어둡고 무서워
금 간 창틈으로 고요히 빗소리
빈방에 혼자 엎드려 훌쩍거리던

아주 먼 옛날
지금도 내 눈시울을 뜨겁게 하는
그 시절, 내 유년의 윗목

그냥 장사를 하러 나가신 어머니를 기다리는 한 아이의 외로운 아우성을 표현한 시인 듯했다.

나도 내 이야기를 가지고 시를 쓰라면 사실 그대로 다 써도 시 한 편이 아니라 책 한 권이 완성될 것 같았다. 하지만 그마저도 내 삶을 온전히 담아내기엔 얕았다. 내 삶은 글로 묘사되기에는 너무 생생했고, 매 순간 격렬했으며, 모든 날들이 하나의 절정처럼 쏟아지던 드라마 같았다. 그 드라마의 연출자는 삶이었고, 나는 그저 숨 가쁘게 그 삶을 버텨온 주인공일 뿐이었다.

나도 차라리 누군가를 기다리는 삶을 살고 싶다는 생각이 든다.

누군가를 미워하는 삶이 아닌. 누군가를 기다리게 된다면 '희망'과 '소망'이라는 것을 가질 수 있지 않을까…?

나도 '희망'과 '소망'을 가져보고 싶다.

1교시가 마치고, 다른 수업은 더 빨리 지나갔다. 점심시간이었다. 나는 점심 따윈 먹지 않는다. 시간 낭비니까. 그럴 시간에 그림을 한 점 더 그리는 게 나을 것 같다는 생각이 든다. 어쩌면 음식을 먹는 것도 인간의 하나의 욕망일 뿐이니까. 그저 허기라는 욕망을 채우기 위해 하는 행위밖에 되지 않으니까.

그림을 그리는 것은 이런 허황된 세상을 살아가는 나에게 정말 중요하고도 살아가면서 필수적인 행위이다.

다만, 나는 남들과는 좀 다른 그림을 그린다.

내 입으로 말하기 좀 그렇지만, 난 그림을 꽤 그린다.

하긴, 태어나서 꾸준히 해온 거라곤 아빠가 읽으시고 버린 신문지 따라 오는 전단지 뒷장 여백에 그림을 그리는 거였으니.

내가 지금까지 그린 그림만 해도 수없이 많다. 나는 무슨 일이 있어도 전단지 뒷장 여백에 꼭 그림을 그렸다. 주말처럼 신문이 오지 않는 날이면 할아버지 집에 가서 새하얀 A4용지에 그림을 그렸다. 할아버지는 늘 나를 돌아가신 할머니마냥 반겨주셨고, 나를 진정으로 사랑해주셨다. 내 그림 실력을 알아보신 것도 할아버지가 처음이었다. 나와 함께 그림을 그려주신 것도 할아버지가 처음이었다.

나를 소중히,

아주 소중히.

버리신 것도 할아버지가 처음이었다.

기억하고 싶지만, 싫은 걸 어쩌라고

할아버지는 작년 2월에 돌아가셨다.

중학교 입학 첫날, 함께 손을 잡고 등교해 주겠다던 약속은 끝내 지키지 못하셨다. 그렇게 내 손은 외롭게 등교했다. 할아버지가 정말 보고 싶었던 게 기억난다. 정말 극심히. 나도 언젠간 할아버지가 돌아가실 거라는 걸, 알고 있었다. 그냥 모른 척하고 싶었다. 나에게 가장 소중한 사람이 없어진다는 것을 상상하기 힘들었기 때문이다.

너무나도. 나에게 소중한 사람인데.

편히 가셨다면 좋았겠다.

그런데 야속하게도 끝까지 아픈 몸과 함께 하늘로 가셨다. 늘 나에게는 괜찮다고 말씀하셨던 그 몸이, 밉기만 하다. 조금만 더 일찍 말해주셨다면. 적어도 중학교 입학 첫날까지는 함께할 수 있었을 텐데….

뭐. 어차피 이런 생각을 해도 달라지지 않는다는 걸 나도 모르는 건 아니다. 오히려 잘 알고 있다.

근데 후회되는 걸 어떡하라고.

정말.

나도 참 바보 같은 인간이다.

날마다 인간들은 한심하다는 말을 달고 살면서 그 한심한 행동들을 내가 다 하고 있다니.

이런 바보 같은 인간이 다 있나.

잠시 깊숙이 떠오른 할아버지의 생각이지만, 마음은 깊숙이 아파오기만 했다.

잊자. 고율아.

문득 그림을 그리고 싶어졌다.

나는 깨끗하고도 담백한 A4 종이 하나를 꺼내 연필로 슥슥거렸다. 지금 이 순간, 나는 내 감정에 취해 있다. 아무도 알지 못하는 내 감정. 이걸 표현하는 것이다. 나는 그리면서 내가 무엇을 그리고 있는지, 내가 무엇을 그릴지도 생각하지 않고 그냥 계속 내가 느끼는 느낌대로만 그렸다. 자유로웠다. 그림 속에서라도 자유로운 내 모습을 볼 때마다 나는 나를 더 잘 알게 되었다. 안타까웠다. 나를 잘 안다니. 알고 싶지 않은데. 내 마음속에선 연필로 슥슥거리는 소리만 메아리처럼 울려 퍼졌다. 그러곤 나는 "탁" 연필을 내려놓았다. 완성이다.

그림을 그리고 나니 벌써 점심시간이 5분 채 남지 않은 것을 알았다. 이럴 때만 시간은 **빠르네**. 그다음은 과학 시간이었다. 나는 그 지루한 과학책을 사물함에서 꺼내 책상 위에 올려두었다.

"쾅!"

갑자기 무언가 세게 부딪히는 소리가 들렸다. 역시나. 그들이었다. 구동진. 그는 우리 학교에서 악랄하고도 악랄하기로 소문난, 소위 우리가 말하는 학교의 일진 같은 존재였다. 이런 애와 같은 반이라는 사실 자체가, 그해의 시작부터 불길했다. 이때 뒤돌아본 나는 순간적으로 후회라는 감정이 밀려왔지만, 재석이가 몸부림치는 소리는 내 귓가를 맴돌았다. 나는 참지 못하고 일어서 소리쳤다.

"지금 뭐 하는 거야."

내 목소리에 깃든 날카로움에도 그들은 비웃음을 멈추지 않았다.

"야, 넌 또 뭐야? 겨우 그따위 말이나 내뱉으면서 용기 있는 척이야?"

조롱 섞인 목소리가 귓가를 파고들었다. 그들의 시선은 거침없고 날카로웠다.

하. 끈질긴 새끼들.
"내가 누군 게 뭐가 중요해? 재석이 놔줘라."

구동진은 옆에 있는 자신의 따까리한테 눈짓을 보냈다.

다가온다. 하. 귀찮게 됐네.

"딩동댕동 딩동댕동"

종소리였다.

그들은 나를 노려보곤 단단히 각오하라는 눈빛을 보냈다.

너희들 같은 애들한테 뭘 기대하라는 건지 참. 나는 그들이 자리를 뜨자마자 재석이를 일으켰다.

"야 너 미쳤어?" 재석이는 힘겨워하며 말했다.

"쟤네들 진짜 악랄한 애들이야. 그냥 놔두지. 너 앞으로 어떻게 하려고…. 그러는 건데."

"아이고 참. 야, 너는 내가 만약 그러고 있었으면 그냥 갔겠냐?"

"하…. 그래, 그냥 갔겠다. 왜!"

좌식. 고맙다고 하면 될 것을, 꼭 저렇게 성질을 부리네.

"수업이나 듣자. 빨리 앉아. 선생님 들어오신다."

그렇게 나는 과학책을 펼쳤다.

휴무합니다

드디어 끝났다. 그냥 허황된 학교.
교문을 나서려는데 누군가 나를 붙잡았다.

재석이었다.

"야. 떡볶이 사 줄까?"

참. 당황스럽기도 하네.

"그래, 이 형아가 기꺼이 가준다."

"아, 진짜. 형아는 무슨."

떡볶이집을 가는 내내 재석이는 자꾸만 하고 싶은 말이 있는 것처럼 보였다. 나는 그걸 딱 알아차리고 끈질기게 물어봤다. 그래도 자꾸만 얘기를 하지 않고 피식 웃는 재석이를 보고 느낌이 딱 왔다.

"너 좋아하는 사람 생겼지?!"

재석이의 얼굴이 홍당무가 되었다.

"뭐야…. 어떻게 알았어. 티 많이 나?"

어쩔 줄 모르는 재석이가 내심 귀여웠다.

"그냥 감이랄까?"

"감…. 가암????"

"좌식. 누군데 말해라."

"아이…. 참."

물론, 재석이가 좋아하는 아이가 누구인지는 나도 정

확히는 모른다.

아니, 끝까지 얘기를 안 해주는데 내가 어떻게 아는지 참. 왠지 짐작 가는 애는 있었다. 그래도 난 재석이의 홍당무 같은 얼굴을 보고 모르는 척해주기로 마음 먹었다.

마침내 떡볶이집에 도착했는데 한 종이가 붙여진 문이 굳게 닫혀 있었다.

개인 사정으로 잠시 휴무합니다.

제기랄. 떡볶이가 마침 당기던 참이었는데.

"다른 떡볶이집은 없나?"

"어…. 우리 동네에는 여기 말곤 없을걸? 그리고 여기 떡볶이가 젤 맛있어."

재석이는 당황한 기색이 역력했다.

"아 그래…?"

"어어…. 아무튼 오늘은 안 되겠다. 아이스크림이나 사 먹을까?"

"그래."

라고 말하는 나의 말엔 진심이라곤 전혀 없었다.

허황함, 그게 뭔데?

 재석이와 혀가 얼 것만 같은 아이스크림을 들고 천천히 걸었다. 목적지는 정해져 있지 않았다. 하지만 마음속 어딘가, 답답함을 뚫어줄 무언가를 원하고 있었다.

 걷고, 또 걸었다.

 그렇게 우리의 발길이 멈춘 곳은 바다였다.

 푸른 물결, 끝없이 나아가는 수평선.

 '허황하다'는 감정에 잠시 벗어나기에 이보다 더 좋은 곳은 없는 듯했다. 그래서 이 망할 동네에서 유일하게 좋은 점은 바다와 가까운 거였다.

우리는 바다가 잘 보이는 낡은 벤치에 나란히 앉았다. 어색했다. 우리 사이에 오고 가는 말은 없었다. 그냥 둘 다 바다를 보고 있었다.

아니, 바다를 느끼고 있었다.

"하…. 허황한 이 세상."

그 적막을 깬 건 다름 아닌 내 감정이었다.

"허황? 허황하다는 게 뭔데?"

재석이가 궁금증에 찬 눈으로 물었다.

음. 어떻게 설명을 해줘야 할까. 사실 내가 매일매일 쓰는 표현인데도 설명해 주기 어려웠다.

"내가… 세상을 살면서 가장 강력하게 느낀 감정이랄까. 그냥 마치. 너무 터무니없어. 이 모든 세상이 너무나도 터무니없어."

"왜? 왜 터무니없다고 생각하는데?"

참, 궁금한 거도 많네.

"그러게다. 나도 이유를 모르겠어."

"뭐야…. 참…. 이유도 모르는 게 감정이냐?"

"감정은 이유를 몰라야 해. 이유를 모를 때
우리가 느끼는 것이 바로 진짜 '감정'이라는 거야."

"그래서…. 그냥 느껴진다고? 그 허황하다는 감정이?"

"응. 그냥 느껴져. 아니 사실은 자꾸만 느끼게 돼. 허황하다는 감정을 안 느끼기를 바라면서도 점점 더 많이 느끼고 있어. 왜 그렇냐고 물으면 나도 몰라. 나도 정말 몰라."

"그래. 왜 그런지는 묻지 않을게. 그런데 정말 허황하다는 감정을 제일 많이 느끼는 거야?"

"어. 그렇지. 왜? 너는 무슨 감정을 가장 많이, 그리고 강력하게 느끼는데?"

갑자기 궁금해졌다.

"나는 생각해 본 적은 없는데…."

"한번 생각해 봐. 너를 알아가는 첫 번째 단계일 테니까."

"그래. 그런데 말이야, 그 허황하다는 감정, 나도 언젠간 느끼게 될까?"

"너…?"

생각해 본 적이 없다.

나 말고도 다른 사람들이 허황하다는 것을 느낀다는 걸.

"응. 허황하다는 거."

"그러게다. 느끼게 되면 말해. 수백 번, 수천 번, 아님 수만 번이라도 공감해 줄 수 있으니까."

"그래요…. 다만 아직은 제가 어려서 모르겠습니다만."

"그래. 이 형아는 일찍 철이 들어버렸다."

"아, 예. 아니 근데 아까부터 자꾸 형아래. 참."

재석이가 투정을 부린다.

자식도 참. 생각보다 이런 대화를 재석이와 나누는 것이 불편하지 않았다. 오히려 좋았다.

왜…

"조심히 가."

재석이와 헤어졌다. 나는 집으로 걸어갔다. "터벅터벅" 내 발걸음 소리는 무거웠다. 그런데 갑자기 누군가 내 등을 쳤다.

"야. 윤고율."

뒤를 돌아보니 큰 몸집, 무거운 목소리.

구동진이었다.

하.

"새끼. 눈까리가 아직 정신을 못 차렸네. 따라와."

"싫어." 나는 매몰차게 뒤를 돌아 집 쪽으로 발걸음을 돌렸다.

"야 이, 씨발 새끼야. 좋은 말로 할 때 오라고."

하. 시작되었다는 것을 직감했다. 그래서 더욱더 나는 아무 말 없이 묵묵히 갈 길을 갔다. 우리 집은 골목길을 두 번 꺾어 작은 공원을 지나야 했다.

그 공원은 낮에는 동네 아이들의 노니는 장소였지만, 밤이면 동네 술주정뱅이들이 자주 앉는 나무 벤치가 있는 곳이었다. 물론 아빠도 술만 먹으면 늘 그곳에 앉아 있었다.

그리고. 그날도.

나는 그 장소를 빠르게 지나치려 했다.

그런데.

내 앞에 누군가 나타났다. 고개를 들어보니 익숙한 얼굴. 바로 우리 아빠였다. 얼굴 상태를 보니 지독하게도 술에 찌든 게 분명했다.

그 순간, 드는 생각은 단 하나. 저런 새끼들에게 나의 더러운 가정사까지 들키고 싶진 않았다.

"죄송합니다."

나는 아빠를 모르는 사람인 듯 피해 발길을 돌렸다. 아빠는 팔을 뻗으며 흐물한 목소리로 말했다.

"허허허 우리 고율이 아빠한테 와봐~ 으응?"

그의 눈빛은 이미 사람이 아니었다. 빨갛게 충혈된 눈, 입가엔 침이 질질 흘렀고, 손에는 몇 번째인지 모를 빈 소주병이 들려 있었다.

"이 자식, 윤고율이 아빠가 너 먹여 살리느라 얼마나 고생을 하는데 새끼가 어디서 아빠를 모른 척이야?"

그는 갑자기 내 멱살을 움켜잡았다. 어릴 적부터 그랬다. 술만 마시면 그는 아빠가 아니라, 짐승이었다.

"미친 새끼, 네 엄마 닮아서 아주 싸가지가 글러먹었어!"

진짜 창피했다. 창피의 수준을 넘어 미칠 뻔했다.

뒤에서 구동진과 걔의 무리 애들까지 킥킥 웃는 소리가 내 귀에 울렸다.

"뭐야. 완전 지 잘난 척이란 잘난 척은 다 하더니만, 저런 아빠를 두고 있었던 거야?"

"와… 친아빠 맞아? 주워 온 애 아냐??"

분했다.

미칠 듯이 분했다.

그냥 모두 다 죽이고 싶었다.

나는 올라오는 감정을 억누르고 멱살 잡은 아빠의 손

을 있는 힘껏 뿌리쳤다. 오직 집을 향해서만 달렸다. 여기를 떠나야만 한다.

"쿵" 집에 들어왔다.

나는 거친 숨을 몰아쉬며 내 방으로 들어갔다.

문을 잠갔다. 굳게.

내가 앞으로 닥칠 일들을 막기 위해.

살기 위해.

발버둥 쳐야만 했다.

그렇게 나는 불안을 떨며 침대에 걸터앉았다. 그저 '내가 뭘 한 거지.' 이 생각뿐이었다.

나는 재석이와 놀고 집을 가고 있었다. 그런데 갑자기 뒤에서 구동진 무리가 나타났고, 나는 그들을 무시하려 했다. 그런데 갑자기 내 앞에 아빠가 나타났다. 그리고 난 아빠를 모른 척했다. 아빠의 한마디 때문에 그 애들은 그 사람이, 그 술에 찌들어서 헛소리나 지껄이는 사람이 내 아빠라는 걸 알고 비웃었다.

그리고 난 도망쳤다. 이런 뭔 허황된 전개가 있냐 말이다. 진짜 허황된 이야기였고 말이었다. 너무 싫었다.

"야!"

아빠였다.

나는 지독히 입술을 깨물었다.

"너 이제 좀 컸다고 오냐오냐해 줬더니만, 죽고 싶은 게야?"

문을 두드리는 소리가 들렸다.

"문 열어!!!!"

안 돼. 제발. 그만해요.

"여보 그만해…. 고율이도 나도 불쌍하지 않은 거야?

왜 그러는 건데…. 도대체."

힘겨운 엄마의 목소리가 들렸다.

"당신은 빠져. 저 자식이 밖에서 나를 모른 척했다고. 말이 돼? 지 애비를 모른 척하는 자식이 어디 있어???!"

"쾅쾅쾅" 점점 더 커져만 갔다. 안 돼. 안 돼. 안 된다고.

잠시 뒤 금속이 뒤틀리는 소리와 함께 문이 벌어졌다.

"쿵" 고개를 들었다.

다가온다.

눈을 질끈 감았다.

언제부터 난 왜. 왜. 왜…. 왜.

나는 죽을 듯이 맞았고, 죽을 듯이 발버둥 쳤다.

나가야 해. 집. 나가야만 해.

나는 겨우 든 정신을 붙잡고 내 마지막 힘까지 쥐어짜며 현관문을 열었다. 배를 부여잡고 도망쳤다. 온갖 욕을 들으며 나는 도망쳤다. 어디로 갈지는 몰랐다. 그냥 갔다. 살아야 한다는 생각뿐이었다.

"학생, 괜찮아?"

누군가 나에게 말을 걸었다.

나는 그 말을 듣고 쓰러져 버렸다.

처음 봤을 때,
느껴지는 허황함

정신을 차려보니 나는 어느 침대에 누워 있었다. 익숙한 듯 낯선 장소였다. 나는 재빠르게 몸을 일으켜 주위를 살폈다. 흐릿했다. 여전히 아빠에게서 구타당한 배가 아팠다. 눈을 비볐다. 한 아저씨가 보였다.

"아이고. 학생 괜찮아? 드디어 깼네. 안 깨어날 것 같아서 얼마나 걱정을 했는지."

자상한 목소리였다. 천사인가 싶었다.

아, 내가 드디어 세상을 떠난 건가?

고개를 들어 자세히 보니 어제 아침, 내 고요한 아침을 깼었던 경비 아저씨였다.

부러울 정도로 따뜻한 미소를 가졌던, 그분.

"학생은 이름이 뭐야?"

"윤고율이요…."

"고율이? 이름 참 예쁘네. 나는 이벽이라고 해."

이벽? 무슨 사람 이름이 이벽이지?

나는 어이가 없어 피식 웃었다.

"내 이름 참 특이하지? 다들 내 이름을 듣고 나면 웃곤 하지. 그런데 난 내 이름이 참 마음에 들어. 이름처럼 단단하고도 굳은 사람이 되었거든."

나는 계속해서 새어 나오는 웃음을 겨우 참았다.

단단하고 굳어 있기는 참. 그래도 분명한 건 좋은 사람인 것 같았다. 그는 온전히 나에게 집중하는 자세를 보여주었다. 나의 이야기를 들어주고, 믿어주는 사람이 얼마만일까. 난 늘 모두의 이야기는 들어주었지만, 내 이야기는 누군가에게 한 적이 없다고 해도 거짓말이 아니었다.

그래서 허황함이 느껴졌다. 내가 왜 아니 어떻게 내 이야기를 다른 누군가에게 하고 있는 걸까.

너무나도 어이가 없는 일이었다.

그런데 자꾸만… 자꾸만…. 그에게 내 이야기를 하고 싶어졌다. 심지어 이야기를 하는 중에도 이야기가 하고 싶어질 정도였다. 그냥 너무 편했다. 그냥 너무 좋았다.

그는 내 이야기를 듣고, 진심으로 안타까워하는 표정을 지었다. 흔히 우리가 말하는 가식적인 표정이 아닌, 진실된 표정이랄까. 아저씨가 나한테 하시는 모든 말씀이 마음속에 와닿았지만, 가장 기억에 남는 말이 있었다.

"앞으로는 힘들 때마다 혼자 그러지 말고, 아저씨한테 와서 마음껏 후련하게 말하고 가. 백번이고 천 번이고 만 번이고 들어줄 테니까."

누군가 나에게 이런 관심을 준 것은 정말 나에겐 믿지 못할 일이었다. 마음속 깊이 숨어 있던 내 꽃 한 송이가 피어나는 듯했다.

그렇게 이벽 씨와의 이야기는 시작되었다.

하루가 지나면
하루가 온다는 사실

 믿기 힘들겠지만, 힘들고 고된 하루가 지나면 또 허황된 하루가 찾아온다. 이래서 인간들은 매일을 기계적으로 살아간다고 말하는 것이다. 대부분 같은 루틴으로 하루를 시작하고, 하루를 마무리한다. 나 역시 그렇게 새로운 하루를 맞이했다. 딱히 불만은 없었다. 어차피 허황된 인생, 이런 허황한 일들만 반복하기 마련이지.

 그렇게 나는 경비실에서 또 새로운 하루를 만났다. 그날은 주말이었다. 주말은 평일에 비해 나를 위해 쓰는 시간이 많다. 학교에 가지 않아도 되고, 해야 할 과제에 쫓기지도 않는다. 그래서인지 주말이 평일보다는 허황하지 않다고 느끼는 듯하다.

나는 경비실 문을 천천히 밀고 나섰다. 아직 이른 아침이라 공기가 서늘했고, 바람은 조용히 나뭇잎을 흔들고 있었다. 아파트 단지는 평소보다 한가했다. 아이들의 웃음소리도, 자동차 소리도 들리지 않았다. 나는 고요한 그 틈을 걷기로 했다.

낡은 벤치를 지나고, 작은 화단 옆을 돌아, 햇살이 만들어 낸 서늘한 나뭇가지 그림자를 밟으며 천천히 걸었다.

그러다 나는 잠깐 발걸음을 멈추고 잔잔하게 흔들리는 나뭇잎을 바라보았다.

그리고 천천히 몸을 돌려 다시 경비실로 향했다.

"똑똑, 일어나셨어요?"

이때, 종이 한 장이 틈새로 날아왔다. 적혀 있는 글자는 다음과 같았다.

암호를 말하시오.

어휴 참. 또 시작이시네.

"인생은 가까이서 보면 비극이지만
멀리서 보면 희극이다."

영국 출신의 미국 희극 배우인 찰리 채플린이 남긴 명언이었다. 이벽 아저씨는 늘 이 구절을 읊곤 했다.

나는 잘 이해가 되지 않았다.

이런 허황된 인생이 어떻게 희극으로 보일 수 있냐는 말이다. 가까이서 보든 멀리서 보든 나에게는 그저 피하고 싶은 인생이었다. 이를 저렇게 표현하고 말할 수 있는 사람은 얼마나 행복한 사람일까. 하긴, 찰리 채플린의 인생이 어땠는지는 잘 모르겠지만 늘 웃는 표정을 하고 있었던 건 기억이 난다. 나도 저렇게 한번 마음 놓고 웃어 볼 수 있는 때가 있다면….

"철컥" 우스꽝스럽기만 했던 문이 열렸다.

"고율이 왔니?"

오늘도 밝은 미소를 띤 이벽 아저씨였다.

"참 언제까지 이러실 거예요."

"왜 좋지 않니? 인생을 한 문장으로 표현할 수 있다니 말야…. 늘 부러웠어. 나도 내 인생을 한 문장으로 표현해 보고 싶은데, 아직은 좀 덜 산 것 같아서 말야."

"아저씨가 덜 사신 거라면…. 참 저는 뭐 거의 태어난 것도 아닌 거 아니에요?"

"하하. 그런가? 에이 그래도 고율이는 일찍 철이 들은 것 같아서 말야. 가끔 네가 나보다 어른 같아서 놀랄 때도 많아."

"참. 말씀만이라도 고맙습니다. 아저씨."

"그래. 오늘은 어디부터 말해줘야 하지?"

"저번에 제일 좋아하는 음식에 관한 이야기 말씀해 주신다고 하셨잖아요."

"아, 그래. 맞다."

아저씨는 따뜻한 미소를 지으며 오늘도 이야기를 시작하셨다.

 작고 허름한 아파트 경비실에서 아저씨의 이야기를 듣는 것은 내 인생에서 가장 아깝지 않은 시간이었다. 아저씨의 어린 시절 이야기와 첫사랑 이야기, 힘들었던 고난과 역경의 이야기는 정말 소박하고 지난 일들의 주제였지만, 너무 재미있었다. 나와 관련된 일도, 이야기도 아닌데 매일매일 이야기를 끝까지 들으려 안달이었다.

골치 아픈 존재

"고율이 오빠."

이 말을 들은 순간 잠에서 깼다.

음…. 나에게는 골치 아픈 존재가 있다. 내 동생은 누구보다 행복하게 삶을 보내려 했다.

그래서 내 마음을 더 아프게 했다.

그 아인 그저 모든 게 행복했으면 좋겠다는 허황된 생각으로 살았나보다. 그래서 자신도 행복하게 살려고 그렇게 매일같이 바보처럼 웃고, 힘들 때면 하늘이 아닌 땅을 쳐다보며 걸었겠지.

살아 있을 때도 그렇게 골치 아프게 하더니 이제는 무엇을 나에게 원하는지, 어떤 원한으로 나의 꿈속에 계속 찾아오는지 모르겠다.

골치 아프다.

그 아이가 그렇게 죽지만 않았어도 내가 이렇게까지 세상과 동떨어진 허황된 사람은 아니었을 텐데….

나도 사실은 밝은 사람이었다.

동생만큼은 아니었어도 가끔가다가 세상의 모든 것들이 사랑스럽게 보이기까지 했다. 이렇게까지 내가 된 이유는 말로 다 설명하기가 어렵다.

정말 힘들었으니까. '힘듦'이라는 단어도 그때의 내 감정을 표현하기에 턱없이 부족하다. 그저 뜻은 비슷하니까 쓰는 거다. 아무도 내 심정을 이해하지 못할 거다. 비참하다. 턱없이 비참하다. 나는 아직도 내가 왜 아직도 살아 있는가에 대해 모르겠다.

하늘도 참 무심하시지.

정말 무심하시지….

무심하시지.

무심하시….

무심하….

무심….

딴생각 아닌 딴생각

"고율아?"

음 잠시 딴생각을 하고 있었다. 고개를 들어보니 이벽 아저씨가 나를 빤히 쳐다보고 계셨다. 맞다. 아침 먹던 중이었지.

"죄송해요…. 잠시 딴생각에 빠졌어요."

"허허, 괜찮다. 그럴 수 있지. 고율이 많이 피곤하니? 그럼 조금 더 자지 그래."

"아뇨…. 그건 아닌데…. 그냥 잠시 잊고 있던 일이 생각났어요."

"누구나 잊고 싶은 일과 잊고 있던 일이 있기 마련이지. 자꾸 생각하지 마. 잊고 있던 일은 원래 잊어야 하는 거니까. 그래서 '잊고 있던 일'이었던 거야."

"그런 건 아니에요…. 갑자기 생각이 많아지네요…."

"음…. 내가 지금 어떻게 말할 수 있는 상황은 아닌 것 같네. 한번 마음 잘 추슬러 봐. 고율이 너는 언제나 침착하고, 그렇게 늘 해결책을 찾아낼 테니까."

하지만 그런 나는 이벽 아저씨의 말을 들으면서도 멍한 채로 있었다. 자꾸만 멍해졌다. 나…. 딴생각을 하는 건가…?

"일단 우리 고율이 학교는 가야지. 얼른 나와. 바래다줄게."

"네? 바래다준다니요? 그럼 이 아파트는 어떡…. 아니, 경비 아저씨가 없는 아파트가 어디 있다고."

"참…. 뭐 그리 오래 걸린다고. 걱정 말고 바래다줄 테니 짐 싸서 나오기만 해."

속으로는 투정 부리면서도 내심 기분이 좋았다. 학교 등굣길이 이렇게 설렐 줄이야….

나는 부랴부랴 짐을 싸서 나갔다. 할아버지가 돌아가신 후로 누군가 나와 등굣길을 함께해 준 건 정말 오랜만이었다. 학교를 가는 이 순간이 더 길어지기만을 바랐다.

"조심히 다녀와. 걱정 말고. 딴생각 아닌 딴생각 금지다."

"네."

응? 잠시만…. 딴생각 아닌 딴생각? 무슨 그런 허황된 말이 있는 거지? MBTI 검사에서 T 성향이 100%인 나에게는 전혀 와닿지 않는 말이었다. 참 무슨 그런 농담도. 나는 씩 웃으며 빠른 걸음으로 학교를 향했다.

"두구두구…!!"

우리 반 교실을 들어서자 친구들의 짓궂은 목소리들이

들렸다. 모두가 엉성한 박자로 무언가를 기다리는 듯한 소리에 책상을 마구마구 두드리고 있었다.

그사이에 주목받고 있는 사람은 다름 아닌….

재석이었다.

나같이 조용하고도 소위 우리가 말하는 찐따 같은 애가 저렇게 주목받는다는 건 참으로 놀라운 일이 아닐 수가 없었다.

고개가 절로 갸우뚱거렸다. 재석이 옆에는 오서봄이 얼굴이 홍당무가 된 채로 서 있었다. 오서봄. 재석이가 좋아하는 아이다. 조용하면서도 솔직한 면이 귀엽다나 뭐라나. 그렇게 나한테 그 아이 얘기를 많이 하곤 했는데 내가 재석이가 좋아하는 걸 모를 리가 있나. 아무튼 둘이 그렇게 서 있었다. 설마 사귀는 건가?

아, 차인 거군. 오서봄은 얼굴을 가리며 교실 밖으로 나갔다. 그래서 하마터면 교실을 들어오는 나와 세게 부딪힐 뻔했다. 그리고 무슨 영문인지 잠시 멈춰 걔는 나를 빤히 쳐다보고 나갔다. 그리고 책상을 두드리고 있던 모든 아이들이 나를 쳐다보았다. 무슨 말을 하려는 것 같았지만 타이밍도 안 맞게 종이 쳐 선생님이 들어오셨다. 나는 자리에 잽싸게 앉아 재석이에게 방금 일어난 일을 물어볼 생각이었다.

"야 뭐야? 다들 왜 저래?"

"하…. 말시키지 마…. 개쪽팔리니까."

"아. 너 괜찮냐?"

"괜찮겠냐?? 이 상황에? 내가?"

"아니 당연히 아니겠지만, 난 차인 적이 없어서 모르겠네. 물론 고백도 한 적도, 받은 적도 없지."

"너무하다 진짜 이 씨…."

재석이는 엎드렸다.

자식. 무슨 한번 차였다고 저렇게까지 서러워하는 건지. 여자애들이 다 거기서 거기지 뭐. 그런데 가만히 주변 공기를 느껴보니 뭔가 내가 주목받는 것 같았다. 책에서 시선을 떼어보니 모두가 나를 흘깃흘깃 쳐다보고 있었다. 아니 차인 건 재석인데 왜 나를 쳐다보는 거지? 뭐 그럴 수 있다고 생각했다, 는 무슨.

갑자기 좀 불안해졌다. 손톱을 뜯었다. 예전에 손톱을 뜯다가 피가 나 울었던 동생이 생각났다.

동생이 울고 나서 금방 그치는 모습이 그렇게 예쁘더라.

"윤고율, 윤고율????"

또 딴생각에 빠져 있었다.

"아니 윤고율, 도대체 무슨 딴생각을 하길래 그래? 선생님이 불러도 대답은커녕 다른 데나 보고 있고."

"죄송합니다."

이제서야 난 딴생각 아닌 딴생각이 뭔지 알았다.

잘못한 게 없는데
죄인이 된 것처럼 느껴지는 순간

점심시간이었다. 나는 평소처럼 그림을 그리려 종이 한 장을 꺼냈다. 연필을 잡고 본격적으로 그림에 집중하려던 순간, 반 애들이 내 주위에서 웅성거렸다.

"쟤가 걔야? … 그＿＿＿?"

"어어…. 맞을걸? 그때 걔가… 오서봄이… 말한… 그 애….”

…?

주위에서 들려오는 말들이 잘 들리진 않았지만 얼핏

내 이름이 들려왔다.

뭐지? 내가 뭘 잘못한 거지? 나는 빠르게 머리를 굴렸다.

그런데, 난 한 게 아무것도 없었다. 하긴 늘 조용히 자기 할 일만 하는 애가 뭘 어떻게 무슨 일을 벌인다고. 그리고 자꾸 오서봄 이름은 왜 나오는 거지?

난 이 학교에 발을 들이고 나서 걔와는 한 번의 대화도 거친 적이 없었다. 근데 왜 자꾸만 오서봄 얘기를 나를 보면서 하는지, 그리고 왜 속닥이면서 얘기하는지, 난 영문을 알 수가 없었다. 갈수록 머릿속은 복잡해졌다.

불안했다. 잘못한 게 없는데 불안한 것.

이벽 씨를 만나기 전까지 내가 늘 느꼈던 감정이었다. 이걸 다시 느끼니 미치는 줄 알았다.

이대로는 안 되겠다 싶어 옆자리 재석이에게 물었다.

"애들이 왜 나 보면서 저렇게 수군대는지 알아?"

"그 얘기는 안 하고 싶다."

예상치 못한 차가운 목소리에 흠칫 놀랐다.

"아니…. 나 뭐 잘못한 거 있나? 왜 아까부터 자꾸만 나 쳐다보면서 다들 수군대고, 오서봄 얘기는 왜 나오는 건지…."

"하 씨…. 진짜 모르겠다고…."

여기서 더 건드렸다가는 어떤 돌발 상황이 생길지 몰랐다. 그래서 물어보는 건 나중으로 미뤘다.

수업을 하는 내내 이 생각뿐이었다. 머리가 아팠다. 깨질 듯이 아팠다. 여기 계속 있다가는 나도 내 감정을 컨트롤하지 못할 게 뻔했다. 그래서 선생님께 나는 컨디션이 안 좋다고 조퇴하겠다 말했다. 선생님은 고개를 끄덕이셨고, 나는 가방을 챙겨 학교를 나왔다. 나오는 순간까지…. 죄인이 된 기분이었다.

불안정한 숨소리가 그치게

학교를 나오자 갑자기 머리가 욱신욱신 아파왔다.

"하… 아… 하아…."

나는 거칠게 숨을 몰아쉬었다.

복잡했다. 이게 무슨 감정이지?

아니…. 무슨 감정이고 간에 일단 마음을 가라앉히는 게 우선인 듯했다.

몇 번 숨을 뱉고 나니 갑자기 웃음이 나왔다. 매우 자조적인 웃음이랄까.

 나 스스로가 너무 한심하고도 남았다. 내가 그렇게 웃으면서도 해탈해하면서도 가는 곳은 집이 아니라 경비실이었다. 이벽 아저씨가 너무나도 보고 싶었다. 지금의 나에게 아저씨 말고는 모든 것이 무의미했다. 그를 봐야 내 마음이 진정되고, 내 불안정한 숨소리가 안정될 것 같았다.

 "아저씨…."

 "옙, 누구십니까?"

 우렁찬 따뜻한 목소리….

 "… 인생은 가까이서 보면 비극이지만 멀리서 보면 희극이래요."

 "응…? 고율이니??"

 문이 열렸다.

문이 열리자마자 이벽 아저씨의 얼굴이 보였다. 나도 모르게 아저씨를 보니 안도감이 느껴졌다. 똑. 또옥. 눈에서 눈물이 하나하나 곱게 떨어졌다. 그런 나를 보시곤 아저씨는 아무 말 하지 않았다. 내 표정을 모두 마음속에 담으시며 나를 바라보셨다. 그럴수록 내 눈물은 더 서글퍼지기만 했다.

아저씨는 묵묵히 내 팔을 잡고 당겨 안아주셨다. 포근했다. 포옹이라는 것이 왜 포옹인지 알았다. 마냥 포근하기만 한 것도 아니었다. 좋았다. 내가 사랑받는다는 느낌이 들었다. 여태껏 나에게 그런 느낌은 없었는데…. 느끼고 싶어 한 적도 없었는데….

제2장

잠시나마 기뻐할 수 있는

잠시 외출합니다

그 후 아저씨의 품속이 그저 따뜻했던 기억뿐이다. 아저씨는 서러워하는 나를 달래주시고는 눈물 젖은 내 손을 붙잡고 어디론가 향했다.

굳게 닫힌 경비실 문에는 "잠시 외출합니다."라는 문구만 걸어둔 채.

"고율아. 널 보면 아저씨의 어릴 적 모습이 자꾸만 떠오른단다. 나도 어릴 적 겉으론 남들 눈에 늘 무뚝뚝하게 할 일을 하는 것처럼 보였지만 생각보다 마음이 여리고 따뜻했다. 아무에게도 보여주지 못한 내 여리고 따뜻한 마음을 처음으로 보여준 사람은 바로 내 집사람이야."

언덕을 오르면서 이벽 아저씨는 말씀하셨다.

"음, 내 아내는 말이야. 처음 봤을 때 참으로 명랑하고 세상 모든 것을 밝게 비추는 그런 사람이었어. 나는 처음에 그런 우리 집사람을 보면서 이해가 잘되지 않았단다. 이유 없이 원망스럽기도 했지. 이런 가식적인 세상에 진심인 사람이 나타난 것 같았으니까. 그렇게 난 그녀에게 딱 그 정도의 감정만 가지고 있었어. 호기심이란 호기심은 전혀 없었지. 왜냐? 난 남에게는 관심이 없었으니까."

아저씨는 이야기를 듣다 넘어질 뻔한 나를 붙잡으시며 계속해서 말씀하셨다.

"그리고 중학교 3학년이 되었을 때, 드디어 마지막 1년만 버티면 되는구나 하고 들어간 3학년 1반 교실 문을 그 아이가 당차게 가로막고 있었어. 나 참. 역시나 이상한 애였지.

'야, 이벽! 너 이 반이냐? 난 2반인데.' 그럼 무슨 반이겠니 하고 난 타반출입에도 당당한 걔를 가볍게 무시했어. 그랬더니만 내 옷을 붙잡곤

'야, 이벽! 우리 오늘 마치고 떡볶이 먹으러 갈래?' 이러는 거야. 떡볶이? 갑자기 와서 무슨 소리람. 싫진 않았지만 괜히 머쓱해서 난 거절했지. 그랬더니만 심하게 풀이 죽은 모습으로 나를 지나치더라."

"왜 거절하신 거예요? 많이 섭섭했을 것 같은데…."

"음…. 그러게다. 나도 내가 그때 왜 그랬는지 기억이 안 나네…." 아저씨는 머쓱한 표정을 지었다.

"참…. 기억하고 싶지 않으신 거겠죠."

"쉿, 아무튼 그래서 한 일주일 동안 매일같이 나에게 반갑게 대해주었던 그 아이는 인사조차 하지 않았어. 진짜 별로 관심이 없었는데 갑자기 애가 바뀌니 심하게 허전하더라. 왠지 모르게 학교가 더 지루해지고, 세상은 더 터무니없어지기 마련이었어. 생에 친구 한번 제대로 사귀지 못한(더구나 여자친구는 당연히 한 번도 없었고) 나에게 다가와 주는 그 아이가 정말 고맙기도 했지만, 그런 감정이 처음이라 자꾸만 받아들이지 못한 것 같아. 그러니 그 친구도 섭섭했겠지."

"그럼 다시 가서 아저씨가 풀어줘야죠!"

"허허. 맞아…. 그래야 한다고 생각했어. 그래서 나도 처음으로 데이트 신청이란 걸 해봤지. 물론 데이트라 생각한 건 단순 나의 터무니없는 생각이었지만. 그래도 용기 내서 그 아이에게 말했지.

'저… 그…. 오늘 마치고 떡볶이 먹으러 가자.'

'흥. 됐거든. 나 오늘 바빠.'

'아…. 음…. 그래? 그렇구나….' 매우 당황했지.

'치. 뻥이거든. 그럼 마치고 봐!'

그리고 그 아인 해맑게 웃으며 총총 뛰어갔어. 나는 탄성을 지르는 내 마음을 진정시켜야만 했어. 그렇게 수업 아닌 듯한 수업을 듣고 그 아이를 만나러 갔지.

그런데."

기다려 봐,
아직 이야기는 시작되지 않았으니까

　마침내 정상에 도달했다. 그곳은 넓고도 고운 공간이었다. 참으로 어떤 형용사도 꾸며줄 수 없는 그런 공간이었다. 정말 그렇게 집중해서 듣고 있던 아저씨의 이야기를 듣고 있었던 것도 까먹을 정도로 그 공간은 나에게 훅 다가왔다.

　"이 공간 참 매력적이지 않니?" 아저씨가 말했다.

　나는 너무 그 공간에 빠져들어 버린 나머지, 답하는 방법조차 까먹은 것 같았다. 그렇게 조금씩 정신을 차릴 즈음, 아저씨는 다시 이야기를 시작했다.

"그 아이가 보이지 않았어. 반에도 가보고 복도 또한 계속 돌고 해보았지만, 그 아이의 모습이라곤 쥐뿔만큼도 찾아볼 수가 없었단다. 순간, 내 자신이 참 한심했지. 역시나 혼자 김칫국을 들이켜고 있었던 거야. 정작 그 아이는 나를 그렇게 중요하게 생각하지도 않는데 나 혼자 소설 쓰고 다 한 거였구나라는 생각이 들더라. 사실 괜찮은 척해보려 했는데 생각보다 마음이 아팠어. 욱신욱신 저려오는 마음에 걸음걸이가 하염없이 터벅터벅하는 소리가 커지곤 했지. 그렇게 땅만 보고 걸으며 학교를 떠났단다. 그리고 난 집에 갔어."

"… 네? … 그렇다면…."

"집에 와서도 기분이 계속 우울하기만 했어. 참 기분이 그렇더라. 그리곤 잠에 들었지."

"예? 그러면 만난 게 맞아요?"

"기다려 봐, 아직 이야기는 시작되지 않았으니까."

내가…
쟤를 좋아하는 건가?

"아, 참. 이거 받아."

아저씨는 주머니에서 꺼낸 봉투를 나에게 건넸다.

"… 이게 뭐예요…?"

"고구마. 출출할 텐데 먹으면서 들으라고."

고구마가 참 따뜻했다. 먹음직스러웠다. 아니 그런데 고구마가 왜 주머니에서 나온담.

"아무튼 그렇게 잠이 들고 다음 날, 무거운 발걸음으로 학교를 향했어. 조금 두렵기도 했지. 그 아이를 만약 보게 된다면 어떻게 해야 할지 정말 모르겠더라. '그냥 지나쳐야 하나? 아니면 물어봐야 하나?' 내 마음은 정말 혼란스러웠어. 그리고 그렇게 교실에 들어간 순간, 친구들과 하하 호호 웃고 있는 그 아이의 모습이 보였어. 이 모습이 그때의 나는 정말 미웠나 봐. 본 체도 안 하고 바로 내 자리에 가서 앉았어.

그리고 6교시 쉬는 시간, 그 애는 해맑게 다가왔어.

'이벽! 오늘 마치고 떡볶이 먹으러 갈래?'

장난치는 건가? 순간 기분이 상했었지.

'싫어.'

'어…? 왜?'

평소답지 않은 내 목소리에 당황했었나 봐.

'너…. 나 놀리는 거야?'

'뭐…?'

그리고 난 교실을 나갔어. 진짜 어이가 없더라. 말이 안 나올 정도였어. 그런데 여전히 그 아이의 눈망울을 떠올리면 내 가슴은 설레어 왔어. 그때 느꼈지….

'내가… 쟤를 좋아하는 건가?'"

그 아이의 이름

 학교를 마치고, 걔가 나와 함께 떡볶이를 같이 먹으러 가주길 내심 바라고 있는 내 모습이 되게 한심했어. 그런데도 걔는 끝내 오지 않더라. 진짜 나를 놀렸던 건가 싶어. 그렇게 터벅터벅 짙은 발걸음으로 집을 향해 가고 있었는데 저 멀리서 누군가를 봤어. 누가 봐도 그 아이였지. 그런데 옆에 다른 분도 계셨어. 거동이 불편하신지 휠체어를 타고 계셨는데 그 뒤를 걔가 힘차게 밀어주고 있었어. 그 모습이 어찌나 보기 좋던지, 나도 모르게 마음이 따뜻해지더라. 그때,

 "어? 이벽?"

그 아이는 날 알아보고는 달려왔어.

"어…."

적잖이 당황했지.

"아…. 미안해. 오늘도 떡볶이 같이 먹자고 해놓고…. 우리 할머니가 또 배탈 났다며 꾀병을 부리시지 뭐야."

"아…. 그랬던 거구나." 기분이 살랑살랑 불어왔어. 그랬던 거구나…. 나는 그것도 모르고….

"아… 아니야…. 내일은 먹을 수 있겠지?"

"응! 내일은 꼭 먹자. 내가 꼭 살게. 그러니 삐지지 마."

"그래…. 고마워. 내일 보자."

응응거리며 뛰어가는 그 아이의 뒷모습이 내 눈에는 정말 고왔어. 심장이 요동치더라.

그때, 내가 뭔 자신감인지 갑자기 "잠깐…!" 하고는 물었지.

"너…. 이름이 뭐야?"

그리고 뒤돌아보며 걔는 웃었어.

"난, 김여윤이야."

오늘따라
유난히 어두운 아침

"자, 이만 가자."

"에? 뭐예요. 이제서야 막 이야기에 몰입하려는데."

"너무 시간이 늦었어. 부모님 걱정하시겠다."

"아저씨 잊으셨어요? 저 가출했다니까요."

"아, 참. 이 말이 어쩌다 습관이 돼버려서 말이야. 미안하다. 그래도 오늘은 집에 들어가 봐. 너무 오래 이렇게 방황하는 것도 때론 옳을 수 있지만, 지금 너의 상황으로서는 조금 버겁잖니. 너를 경비실에서 언제까지 계속 재울 수도 없는 일이고."

 사실 나도 그 말에 동의한다. 나는 진짜 지금 모든 순간들이 버거워 미치겠다. 그렇다고 해서 집에 들어가는 건 더 싫다. 그래도 집에 들어가지 않는다고 해서 좋을 건 없었다. 그래서 그냥 들어가려 마음먹었다. 아저씨와 나는 천천히 산을 내려왔다. 어두컴컴해서 아무것도 보이지 않았지만, 그저 내 곁에 이벽 아저씨만 있다면 이런 길도 걷기 충분했다. 아저씨는 내 인생의 등불과 같은 존재이다. 내가 만약 이벽 씨, 아니 아저씨를 만나지 않았더라면 어떻게 살아가고 있었을까….

 그렇게 산을 내려오고 이벽 씨와 작별인사를 한 뒤, 집으로 향했다. 조금 두렵기도, 자존심 상하기도 했지만, 어느새 엄마 얼굴이 조금 그립기도 했다. 집에 들어가려 하니, 쉽게 마음이 움직여지지는 않았다. 그래도 들어가야 하니까, 나를 위해서, 한 번만, 나를, 희생하자.

 집에서 잠을 자고, 가족들에게 들키지 않으려 평소보다 더 일찍 일어나 집을 나왔다.

 가면서 경비실에 들러볼까, 생각도 했지만 너무 이른

시간이라 그냥 지나쳤다. 아침인데 유난히 오늘 어두웠다. 아닌가? 내가 그렇게 느끼는 걸까? 아무래도 어제 잠이 편하지 않았나 보다.

어제 아저씨의 이야기를 듣고, 오서봄 생각이 났다.

나도 오서봄을 좋아하는 걸까?

왠지 모르게 그냥 신경이 쓰인다. 아니, 잠깐 내가 뭐라는 거야. 나 같은 게 사랑이라는 감정을 느낀다니. 허황된 이야기였다. 근데…. 자꾸 신경 쓰인다. 별로 예쁘지도 않은데, 신경 쓰일 건 또 뭐람.

나는 편의점에서 삼각김밥을 사 앞 벤치에 앉았다. 왠지 모르게 요즘 따라 마음이 혼잡하다. 저곳에서 밝아오는 해도 유난히 어둡다. 그래서 오늘따라 유난히 어두운 아침이다.

그 친구에 대한 것

하. 학교에 가야 하는데…. 벌써 해가 반은 떴다.

나는 흔들리는 나의 마음을 부여잡고 학교로 향했다. 7시 5분, 이 시간쯤이면 학교에 경비 아저씨 빼고는 아무도 없을 거다.

"철컥" 난 교실 문을 열었다.

그런데 누군가 있었다. 이상한 낌새를 눈치채고 주위를 살펴보니 한 여자애가 책상에 엎드려 있었다. 오서봄이었다. 하필 아침부터 쟤를 만날 게 뭐람. 진짜 뻘쭘했다. 나는 조심스레 내 자리에 앉았다. 그런데 그 친구가 나의 인기척을 느꼈는지 스스슥 일어났다. 아…, 씨 망했네.

"… 아… 안녕?"

"어… 안녕…. 깨워서 미안."

"아, 아냐…. 괜찮아."

진짜 내가 일체 거짓말 않고 내가 나눈 대화 중 가장 어색하고 뻘쭘했다. 신경 쓰지 않고 그림을 그리려고 했다만…. 갑자기 오서봄이 내 옆자리에 앉았다.

"너… 그림 그리나 봐?"

"어…. 그치? 그림 그리는 게 내 허황한 삶을 채워주는 유일한 행위들 중 하나가 아닐까."

"에…? 허…. 뭐라고?"

"아, 아냐."

그렇게 우리는 자연스럽게 대화를 이어나갔다. 나는

그 친구에 대해 꽤 많이 알게 되었다. 그 친구가 좋아하는 것도, 싫어하는 것도, 취미도 진짜 사소한 것들조차 짧은 시간 동안 알게 되었다. 그런데…. 생각보다 괜찮았다. 어…. 이벽 아저씨가 생각이 나지 않을 정도였다. 재밌었고, 어느새 우리 둘의 얼굴에서는 함박 미소가 펼쳐졌다. 둘만의 세계였다. 오늘따라 유난히 어두웠던 아침이 유난히 밝아졌다.

"우리 마치고 떡볶이 먹으러 갈래?"

행복이 허황함이 될 때

조금씩 다른 애들이 학교에 도착하기 시작했다. 그들은 자신의 자리에 가서 앉아 각자 할 일을 했다. 물론 나도, 그랬다. 오서봄과의 약속을 생각하니 계속 피식 웃음이 새어 나왔다. 그걸 눈치챈 건지 재석이가 물었다.

"너…. 뭐냐? 왜 이렇게 아침부터 실실거리고 난리야."

"어린 동생은 몰라도 된다~ 공부나 해."

장난스럽게 받아치긴 했지만, 재석이에게 미안함도 몰려왔다. 아… 맞다…. 재석이가 오서봄 좋아했었지…. 일단 난 모르겠다. 그냥 지금 다가온 내 기회에 최선을 다

할 뿐이다.

학교가 끝나고, 난 오서봄과 함께 떡볶이집으로 향했다. 저번에 재석이와 함께 가려고 했던 집으로 갔다. 다행히 오늘은 열려 있었다. 주인아주머니의 따뜻한 미소가 느껴졌다.

"아이고, 학생 두 명이네. 저기 저 테이블에 가서 앉아."

그런데, 어디선가 익숙했다. 음…. 분명 처음 본 분은 맞는데…. 뭔가 친근하달까…? 근데 확실한 건 초면이었다. 그래서 더 이상 신경 쓰지 않기로 마음먹었다.

"어…. 순대도 먹을까?"

"그래."

우리는 떡볶이 2인분, 그리고 순대 1인분을 시켜 함께 나누어 먹었다. 웃음소리가 끊이질 않았다. 멀리서 떡볶이 아주머니도 우리를 보시고는 함께 미소 지으실 정도였다. 그때, 누군가 이 행복을 허황함으로 만들어 버렸다.

"야…. 너 뭐야…?"

어디에선가 들어본 것만 같은 익숙한 소리, 친근한 소리, 너무나도 내가 잘 알고 있는 목소리…. 재석이었다.

"네… 가… 왜… 오서봄이랑…."

어떻게 해야 하지? 내가 지금 뭘 어떻게 해야 하지? 그저 벗어나고 싶은 순간이었다. 나는 오서봄이 재석이가 좋아하는 아이라는 걸, 누구보다 잘 알고 있는 사람이었고…. 재석이도 이걸 알고 있었다. 재석이는 붉어진 눈으로 뛰쳐나갔다. 이때, 나도 왜 그랬는지는 진짜 모르겠다만…. 재석이를 따라 나갔다. 오서봄은 내버려둔 채….

재석이는 생각보다 빨랐다.

"야…."

나는 재석이를 겨우 붙잡았다.

"냐…. 너… 진짜… 다른 사람도 아니고… 네가…."

"말로 해. 네가 오해할 만한 그런 상황 아니니까."

"뭐…? 넌 지금 그 상황이 오해받을 만한 그런 상황이 아니라고 생각해?"

"너 아직 왜 내가 그러고 있었는지도, 상황 설명도 안 들었잖아. 그러면서 이렇게 화내고 도망치면, 의미가 있어?"

"… 그래 … 말해봐, 그럼. 모두 사실대로."

"좋아."

내 머리가 좋았기에 망정이지. 급하게 나는 머리를 굴려 아무 이야기나 지어냈다. 거짓말하는 것이 아마 더 나쁘겠지만, 당황한 내 입에서 나온 말들이었다. 어쩔 수 없었다.

"애랑 나 미술 조별 과제 때문에 만난 거야. 그 조별 과제 있잖아, 선생님이 주신 거…. 오서봄이 자기 그림 못 그린다고 부탁하더라고. 그래서 진짜 밥 먹으면서 같이 할까 고민 중이었는데, 하필 네가 딱…!"

뭐 사실상 틀린 말도 아니긴 했다. 아, 씨. 이번 조별 과제 오서봄이랑 해야겠네.

재석이에게는 미안했지만, 그냥 철석같이 잘 믿길래 나도 그냥 넘어갔다.

"… 그런 거였구나…. 그래…. 미안해. 오해해서. 요즘 나 화만 내고…. 왜 이러지…."

"…."

"너에게 잠시 나도 해줄 말이 있어. 여기로 와봐."

조금 당황스러웠지만 나는 재석이를 따라갔다. 5분 정도 지나니 꽤 많은 계단이 보였다. 우리는 차근차근 그 계단을 올랐다. 계단을 한 칸씩 오를수록 주변 건물들은 사라져만 갔다. 그렇게 다 오르고 나니 고독한 낡은 벤치가 보였다. 우린 그곳에 앉았다. 짧은 침묵을 끝으로, 재석이가 말을 꺼냈다.

"사실… 나 요즘 힘들어…."

.
.
망했다.

제3장

당신을 보며 웃을 수 있는

불안했어

"너에게 해주지 못한 말들이 있어. 사실은 말이야. 나 어릴 적부터 엄마와 살아왔어. 아빠… 는 좋은 사람이었데. 세상 누구보다 좋은 사람. 세상 누구보다 엄마를 아껴주고 사랑해 주었던 사람. 엄마가 말해줬어. 그런데 어쩌다가 서로 오해가 쌓였나 봐. 어느 날부터 서로 떨어져 살기 시작했어. 그런데 엄마는 나를 가지고 있었어. 그땐 몰랐지. 아빠와 헤어지고 나서 엄마는 이 사실을 알아버린 거야. 다시 연락하기도, 그냥 지내기도…. 힘드셨을 거야. 그래도 그냥 지내기로 마음먹으셨지. 그렇게 나는 우리 엄마 손에서 부족함 없이 자랐어. 엄마는 내가 필요한 거라면 아낌없이 주시고, 도와주셨지. 그렇게 열심히 사신 노력 끝에, 엄마는 엄마의 가게 하나를 차리게 되었어. 그게 바로 저 가게야."

…? 저…. 설마 떡볶이 가게를 말하는 건가? 아, 그래서 그랬던 거군.

"미안해…. 근데 요즘 우리 엄마가 무슨 일이 있는 것 같아. 자꾸만 요즘 혼자 우셔. 가끔 외출을 하기도 해. 가게를 잠시 휴업하고 그러실 분이 아니신데 말이야…. 그래서 자꾸 불안하다…? 왜 이럴까…. 오늘도 화낼 일이 아닌데 말이야. 갑자기 너에게… 하…."

죄책감이 든다. 미안하다. 뭔가. 너무. 불안하다.

"그래서… 불안했어…."

재석이와 헤어지고, 걸어가는 동안 많은 생각들이 들었다. 이벽 씨가 필요했다. 난 아파트 경비실을 향해 뛰었다. "철컥" 하는 소리와 함께 문을 열었다.

"아저씨…. 저 불안해요."

그런데, 아저씨는 없었다.

그를 스치는 따스한 손길

순간 멍해졌다.

"아저씨…?"

경비실 여기저기 둘러봐도 아저씨의 모습은 보이지 않았다. 그의 환히 웃던 그 모습이, 따뜻하고, 온정이 담긴. 나의 축복. 나의 영원. 나의 모든 순간.

"아이쿠, 고율이니?"

어…? 보였다. 내가 그토록 원하던 그 모습이. 내 눈앞에 펼쳐졌다.

"갑자기 웬일이래? … 고율이 우니?"

그렇다. 나는 울고 있었다. 나는 하염없이 울었다. 그냥 불안했으니까. 너무 힘들었으니까.

아저씨는 늘 그런 것처럼 나를 토닥여 주셨다. 따스한 손길이 나를 스치며 그를 스친다. 나 정말 이벽 씨가 없으면 안 되겠구나. 안 되겠구나…. 안 되겠구나.

"고율아. 아저씨 잠깐 보렴."

아저씨는 늘 그렇듯 따뜻한 미소를 지으시며 말씀하셨다.

"늘 사람은 불안하기 마련이야. 나도 그래. 불안해, 이유도 모르는데 그냥 불안할 때도 있어. 그래서 나도 오늘 내 아내를 그저 사진으로만 바라보고 왔단다."

아내를 바라만 본다니, 그게 무슨 말일까. 그때 생각해 보면 이해가 잘되지 않지만 나는 우느라 그것마저 신경 쓸 겨를이 없었다. 나는 정말 서럽게 울었다. 왜 울었던 건지는 나도 모른다. 난 왜 이렇게 모르는 게 많을까?

인생은 보이는 것을 모두 아는 게 진정으로 모든 것을 아는 것이 아니었다. 살면서 정말 여러 가지를 배웠다.

그저 몰랐을 뿐이다. 이런 게 중요할 줄은 나도 몰랐다. 힘겹기만 했고, 나는 아무 의미 없이 걸어가기만 했다. 묵묵히 견디고, 참으며 나는 어제도, 오늘도, 내일도 이겨냈다.

"오늘은 빨리 자야겠다. 이불 가져와 줄게."

이벽 씨는 자신과 닮은 자상한 곰이 그려진 이불로 나를 따뜻하게 감싸주었다. 나는 그렇게 오늘을 이겨낼 수 있었다.

그에게서 항상 느껴지던 따스한 손길이 나를 지나갔다. 그렇게 잠이 들고 새벽 중 나는 잠에서 잠시 깼다. 목이 꽤나 말랐다.

"아저씨…. 이벽 아저씨…."

나는 덜 깬 목소리로 아저씨를 불렀다. 그런데 아저씨는 답이 없었다. 나는 순간 잠이 확 깼다. 그제서야 그가 내 옆에 없다는 것을 알았다. 나는 다급하게 문을 박차고 나갔다.

"아저씨, 아저씨…. 아저씨."

그렇게 불안을 떨던 와중에 저기 멀리 벤치에 앉아 있는 한 남자가 보였다. 아저씨일까? 나는 조심스레 다가갔다. 그였다. 그런데 아저씨는 얼굴이 굳어 있었다. 환히 뜬 보름달과는 달리 경직되어 어둡기만 하던 그의 모습이 내게는 낯설었다. 이런 아저씨의 모습은 나에게 처음이었다. 그는 힘들어하는 것 같았다. 나는 뒷걸음질 쳤다. 지금 이 순간에 나는 아저씨에게 도움 되지 않을 것 같았다. 혼자만의 시간을 보내시게 해드리고 싶었다. 그게 맞는 것 같았다.

그리고 다음 날 아침, 나는 힘겹게 눈을 떴다. 그런데 기분이 조금 이상했다. 음. 무슨 일이 있었던 것 같은데. 도무지 그 일이 생각나지 않았다.

"꼬르륵…." 일단 배부터 채우고 생각해 봐야겠다.

"아저씨,"

나는 아저씨를 불렀다.

"어이쿠, 우리 고율이 일어났니?"

늘 그렇듯이 그는 웃는 얼굴이었다. 그의 따스한 미소가 오늘의 내 아침을 반겼다. 아저씨 손에는 하얀 종이봉투가 들려 있었다. 고소하고도 달콤한 냄새가 술술 풍겼다.

"고율이 배고프지? 그럴 줄 알고 아저씨가 고구마 사 왔다."

요즘 아저씨를 만난 뒤로 고구마를 자주 먹는 것 같다. 고구마가 그렇게 맛있었는지 참. 먹어도 먹어도 질리기는커녕 달콤하기만 하다. 언제나 그랬듯이 아저씨는 내 고구마를 까 주셨다.

나한테도 나를 사랑해 주는 사람이 있구나.

나는 늘 어릴 적부터 고구마든, 사과든, 젤리든 껍질이란 껍질은 모두 내가 혼자 스스로 처리했다. 당연히 아무도 도와주지 않았으니까.

나는 그래야만 했고, 그럴 수밖에 없었으니까. 그래서 그런지 나는 늘 나 혼자, 스스로 무언가를 하는 것이 꽤나 익숙했다. 아니, 그저 나의 일상이었다. 그렇게 나는 자연스레 누군가에게 도움을 받는 것은 매우 하찮은 일이라 생각해 왔지만 틀린 것 같다. 이런 도움이 매일의 일상을 환히 밝혀줄 수 있었으니까. 그걸 난 이제 알았으니까.

"고율아, 오늘 주말이기도 한데 아저씨랑 좀 놀러 갈까?"

놀러 간다…? 나는 한 번도 누군가와 놀아본 적이 없었다. 예전 내 동생 빼고는.

"… 네…!"

오늘도 그를 스치는 따스한 손길이 보였다.

누군가와 함께
시간을 보낸다는 건

"고율아, 다 챙겼니?"

나는 서둘러 짐을 챙긴 뒤에 나갔다. 여느 때처럼 이벽 씨는 "잠시 외출합니다. 필요시 연락 주세요."라는 문구만 남긴 채 내 손을 꼭 붙잡고 떠났다. 내가 예전에 동생 손도 이렇게 꼭 붙잡았었는데….

"손 꼭 잡아, 고율아."

우리는 정말 따뜻한 시간을 보냈다. 나는 그저 아저씨를 보면 웃음이 나왔고, 그 웃음이 오늘은 정말 끊임없이 이어지던 날이었다. 여러 군데를 다녔는데, 처음에 갔던 놀이공원에서 하염없이 높게 뻗은 놀이기구를 보시곤 입을 다물지 못하셨던 아저씨의 표정이 아직도 기억에 남는다. 롤러코스터를 타다 높은 곳으로 점점 슬슬 올라가는 그 짜릿한 기분이 내 심장을 울렸다. 그렇게 신나게 논 뒤, 우리는 아이스크림도 먹었다. 조금은 특이한 아이스크림이었는데, 과일 향이 입안에 가득 퍼졌다. 그냥 달콤했다. 지금 이 시간이. 그와 함께 시간을 보낸다는 건.

그런데 그와 시간을 보내면서, 갑자기 그런 생각이 들었다.

'동생도 함께 왔었더라면 좋았을 텐데….'

그렇다. 나는 알게 모르게 잊혀진 동생을 그리워하고 있었다. 동생 얘기는 아무에게도 할 수 없다. 너무나도 끔찍하고 가슴 아픈 일이었으니까.

시간은 야속하게도 빨리 흘러갔다. 나는 아저씨와 함께 저녁을 먹고 경비실로 돌아와 달콤한 잠에 빠져들었다. 오늘의 추억을 잊지 않고 싶어서 그런지 잠을 좀 뒤척이긴 했지만 그저 달콤했다. 부드러웠다. 너무 기분이 좋았다. 그렇게 또 하루를 보냈다.

해야 하는 건데, 한다

아침에 일어나보니 짧은 문장이 적힌 종이가 보였다.

"이거 먹고 가."

아무래도 아저씨가 올려놓은 거겠지? 그렇게 나는 옆에 있던 삼각김밥을 집어 들었다. 삼각김밥… 오랜만에 먹네. 학교를 가야 하는 건데…. 그래, 간다. 주말이 너무나도 짧았던 것 같다. 어쩌면 너무 좋았어서 그렇게 느끼는 걸 수도….

아무튼 난 여느 때처럼 다른 사람들보다 일찍 학교에 도착했다. 그런데 뭔가 어색했다. 학교를 왔는데…. 왔다? 응? 누군가 있다. 아…. 걔인가…? 나는 눈을 비볐다.

맞다. 맞어. 오서봄이었다. 이 시간에 쟤가 왜 있나 싶었지만, 그건 내 알 바가 아니다. 내가 쟤랑 무슨 사이라고. 조금 미안함이 들긴 했다. 책상을 살폈다. 여전했다. 왜 이렇게 오랜만에 학교를 맞이하는 기분인 걸까.

너무 머리가 아프다. 자야겠다.

"야, 윤고율."

정신을 차려보니 조례시간이었다. 재석이었다. 왜인지는 모르겠지만, 아니 알지만 눈을 쳐다보지를 못하겠더라. 그냥 일어났다. 어느 순간부터 내 인생은 꼬였던 것 같다. 아니, 태어날 때부터 꼬인 건가? 아무리 생각을 해보아도 너무 힘들었다. 허황했다.

학교는 별다를 게 없었다. 소란스럽고, 시끄럽고, 사람은 많은데 정작 내 자리는 없었다. 하루를 견딘다는 건 그냥 어제와 같은 오늘을 버틴다는 말이었다. 웃는 것도, 말하는 것도 모두가 다 연기처럼 느껴졌다. 그냥 그저 꼬였을 뿐.

수업이 끝나고 가방을 챙겨 나왔다. 친구들은 떼를 지어 편의점이며 학원으로 향했지만, 나는 혼자 길을 걸었다. 정해진 약속은 없었지만, 발길은 익숙하게 아파트 쪽으로 향했다.

머리가 복잡해서 그런지 어느새 난 경비실이었다. 이벽 아저씨는 책상에서 CCTV 화면을 뚫어지게 보고 계셨다.

"아저씨."

대답이 없었다.

"뭐 하고 계세요?"

나는 자연스럽게 아저씨 옆에 앉았다.

"이상한데."

"네…?"

내 말이 끝나기도 전에 아저씨는 갑자기 나가셨다. 아무래도 무슨 일이 생긴 듯했다.

아저씨가 떠나고 나는 남겨진 CCTV 화면을 보았다.

2024년 2월 27일. 한 여자가 보였다.

뭔가 익숙했다.

날카로운 칼을 쥔 그 여자의 얼굴을 보고 나서 난 그대로 얼어붙었다.

느닷없이

아파트는 시끄러운 구급차와 경찰차 소리로 가득했다. 사망자는 43세, 윤주성. 부부싸움 중 아내가 칼로 찔러 사망. 사망 시각은 오후 4시 53분으로 추정. 그 후 아내는 자살.

느닷없이 난 모두를 잃었다.

삶이란

 아파트에는 경찰차 사이렌 소리와 사람들의 웅성거리는 소리만이 가득했다. 이벽 아저씨 또한 조사를 받고 있었고 나 역시도 그래야 했다.

 "음…. 그래, 이름이 고율? 윤고율이니?"

 나는 침묵으로 답했다.

 "혹시 집을 나온 거니?"

 나는 저런 허접한 경찰에게 답하고 싶은 마음이라곤 전혀 없었다. 1시간 동안 내가 한마디도 하지 않자, 그 사람도 포기한 듯했다. 자리에서 일어나 나를 생판 모르겠는 경찰서 사무실에 혼자 놔두고 나가셨다. 이벽 아저씨는 어디 있을까….

 5분 정도 지났을까, 아까 그 사람보다는 좀 더 생기 있는 경찰이 들어왔다. 그분은 아까 그 사람처럼 캐묻지 않았다. 그냥 나를 뚫어지게 쳐다볼 뿐이었다. 그렇게 또 한 30분 지났을까, 말문을 여셨다.

"괜찮니…?"

 그 말을 듣자마자 나는 눈물이 나왔다. 이슬처럼 떨어져 내 볼에 맺히는 눈물이 그저 안타까웠다. 싫었다. 허무했다.

 허황했다.

 언제 이벽 아저씨가 내게 조용히 물었던 말이 떠올랐다.

"요즘 많이 힘들어 보이네."

 나는 아무렇지 않은 척 웃으며 대답했었다.

"괜찮아요, 저 강하니까요."

그러자 아저씨는 한참 동안 나를 바라보다가 고개를 끄덕였다.

"강한 게 뭔 줄 아니? 버티는 것도 강한 거지만, 때로는 아프다고 말하는 것도 강한 거야."

그 말이 이상하게 마음에 남았다. 나는 한 번도 내 아픔을 말한 적이 없었다. 엄마에게도, 친구들에게도. 그저 속으로 삭이고, 스스로를 다독이며 버티기만 했다. 그게 강한 거라고 생각했으니까.

아픔을 숨기지 않고, 그대로 안고 살아가고 있었다. 그게 진짜 강한 거라면…. 나도 그래도 되는 걸까?

하지만 그렇다고 해서 내 삶이 덜 허황되게 느껴지는 건 아니었다. 여전히 세상은 불공평했고, 악랄했고, 사람들은 자신의 욕망을 위해 살아가고 있었다. 그래도, 나는 적어도 내 감정을 부정하지 않는 법을 배웠다.

그렇게 2시간 정도 눈물을 쏟았다. 그분이 계속해서

말없이 내 등을 토닥여 주시는 바람에. 그제서야 나는 울분을 토했다.

"저는요, 진짜 모르겠어요.

저는요, 제가 뭘 잘못했는지도 모르겠어요.

저는요, 그냥…. 살고 싶었을 뿐이라고요."

이 세 마디면 충분했다. 내 인생이 적막하게 드러났으니까. 그분은 조용히 고개를 끄덕이시곤 나가셨다. 그리고 이벽 씨가 들어왔다.

"고율아, 많이 놀랐지…?"

이벽 씨를 보니 눈물은 더 그칠 줄을 몰랐다. 더 이상은 힘들었다.

난 이제 어디 가야 할까.

그냥 조용히…. 아주 조용히 아저씨 옆에서 살고 싶었다.
.

.
.
.
.

저 가엾은 것….

여린 눈망울….

슬픔과 당황 그 사이의 눈물….

날 온전히 믿는 듯한 고율이.

모든 게 걱정이었다.

이벽 1

　이때 내가 아파트 경비실에서 일한 건 8년째 정도였을 거다. 이 아파트에서 사는 듯 안 사는 듯 살며 수많은 사람들을 보고 만났다. 모두 각자 다른 얼굴과 잔잔한 모습들이 나에게는 꽤나 흥미로운 일들이었다.

　그런데 나는 원래 이런 사람이 아니었다. 벽같이 단단한 사람도 아니었다. 그저 '벽' 같은 사람이었다. 난 누구와도 교류하지 않았다. 고슴이처럼 염세주의자였던 건 아니었다. 세상을 부정하고 싫어하진 않았다. 난 세상이 좋았다. 다만, 세상은 나를 부정했던 것 같다. 나는 그렇게 내 감정을 속이며 버텼다. 하지만 그럴수록 마음 한구석에 커다란 돌덩이가 하나둘씩 쌓여가는 기분이었다.

숨을 쉬어도 가슴이 답답했고, 눈을 감아도 어둠 속에서조차 벗어나지 못했다.

나는 그래서 혼자가 익숙해졌다. 사람들과 어울리는 대신 조용히 벽처럼 존재했다. 스스로를 감추고, 아무도 나를 들여다보지 못하게 했다. 하지만 그 벽이 완전히 무너지던 순간이 있었다. 나는 처음으로 내가 만들어 놓은 그 벽이 한순간에 금이 가고 무너지는 소리를 들었다. 1년을 버티는 동안 나는 사람이 아니라 그저 숨 쉬는 무언가에 불과했다.

길을 걸어도, 밥을 먹어도, 사람을 마주쳐도 아무것도 느껴지지 않았다. 그저 하루를 넘기면 또 하루가 오는 반복된 시간 속에서 나는 점점 잊혀지는 존재가 되어갔다. 그때마다 나는 그 아파트에서 경비 일을 시작하면서 조금씩 변화가 생겼던 기억을 떠올렸다. 사람들은 내 이름을 불렀고, 인사를 건넸다. 처음에는 그저 의무적으로 웃어 보였지만, 어느새 나도 모르게 그들의 안부를 묻고 있었다. 그게 별거 아닌 것처럼 보일지도 모르지만, 내겐 중요한 변화였다. 아주 오랜만에 내가 살아 있음을 실감하는 순간들이었다. 그중에서도 고율이는 유난히 눈에 띄었다. 아이는 어딘가 늘 쓸쓸해 보였다. 마치 예전의 나를 보는 것 같았다. 그의 눈빛은 너무도 익숙했다. 깊은 상처를 감추고, 차갑게 무뎌진 눈빛. 그 아이가 얼마나 버텨왔는지 나는 알 것 같았다.

그래서인지, 더더욱 신경이 쓰였다. 처음에는 그저 조용히 지켜봤었다. 아침에 학교를 가는 모습, 저녁에 피곤한 얼굴로 돌아오는 모습, 가끔 혼자 벤치에 앉아 아무 생각 없이 하늘을 바라보는 모습까지. 그러던 어느 날, 고율이와 가까워지던 날들 중, 나는 아이에게 조심스레 말을 건넸다.

"요즘 많이 힘들어 보이네."

고율이는 아무렇지 않은 듯 웃으며 말했다.

"괜찮아요, 저 강하니까요."

그 말을 듣고 나는 알았다. 저 웃음이 얼마나 가짜인지. 그리고 저 말이 얼마나 오랜 시간 동안 스스로에게 주입해 온 것인지. 나는 그런 말들이 결국에는 사람을 더 옥죄게 된다는 걸 알고 있었다.

그래서 나는 말했다.

"강한 게 뭔 줄 아니? 버티는 것도 강한 거지만, 때로는 아프다고 말하는 것도 강한 거야."

그 말을 전하는 순간, 내 안에 남아 있던 무거운 돌덩이가 조금은 가벼워지는 듯했다. 그리고 고율이의 얼굴에도 미묘한 변화가 스쳤다. 그 아이는 나처럼 너무 오래 버텨온 게 분명했다.

그날 이후로 우리는 서로를 조금씩 이해하기 시작했다. 나는 암울한 사람이었고, 고율이는 그 시절 가족에게 받은 상처를 안고도 꿋꿋이 살아가는 아이였다. 우리는 서로의 벽을 바라보면서도, 그 벽을 조금씩 허물어 가는 중이었다.

이제야 깨닫는다. 나는 벽 같은 사람이 아니라, 무너질 수밖에 없는 벽이었다는 걸. 그리고 무너진 채로도 살아갈 수 있다는 걸.

….

어쩌면…

 눈을 떠보니 아침이었다. 시간은 무색하게 흘러가기만 했다. 한 달이 지났지만, 아무 일도 없었던 것처럼 모든 게 그대로였다. 아저씨는 여느 때처럼 믹스커피를 만들고 계셨다. 이런 달달한 가루들이 따뜻한 향을 만든다나 뭐라나.

 "고율아, 괜찮니?"

 인기척을 느끼셨는지 아저씨는 나를 보셨다. 괜찮다는 것. 언제쯤 나는 진정으로 괜찮다는 말을 할 수나 있을까. 어쩌면 그건 불가능할지도 모른….

"네."

이건 그냥 한 말이었다. 진심은 아니었다.

"그래."

아저씨는 그저 고개를 끄덕이며 커피를 한 모금 마셨다. 그 따뜻한 김이 부드럽게 피어올랐다. 아무렇지 않은 듯한 분위기. 그러나 어제의 흔적은 내 안에서 선명했다. 머릿속이 복잡한데도 아저씨의 평온한 얼굴을 보니 나도 모르게 안심이 됐다.

"오늘은 뭐 할 거야?"

아저씨의 목소리는 담담했다. 마치 별일 없는 일상처럼. 나는 대답을 망설였다. 무엇을 해야 할지, 무엇을 할 수 있을지조차 모르겠어서. 그냥 이렇게 멍하니 있어도 되는 걸까?

"그냥… 생각 좀 하려구요."

솔직한 답변은 아니었지만, 틀린 말도 아니었다. 어제

의 일, 아니 그 이전의 일들까지도. 생각해야 할 것이 너무 많았다.

아저씨는 별다른 말 없이 다시 커피를 마셨다. 창밖으로는 부드러운 아침 햇살이 번지고 있었다. 사람들은 각자의 하루를 시작하고 있을 터였다. 하지만 나에겐 그런 하루가 쉽게 찾아오지 않을 것 같았다.

"음, 그럼 천천히 해."

그 말은 다정했다. 조급해하지 말라는 의미도 담겨 있었다. 나는 그 말을 곱씹으며 작은 한숨을 내쉬었다. 그래, 천천히. 모든 걸 금방 해결하려 하지 말자. 정말로 괜찮아지는 날이 올 때까지, 천천히.

나는 아저씨와 대화를 나눈 후, 잠시 산책도 할 겸 밖으로 나갔다. 따스한 햇살과 칙칙한 우리 아파트는 여전히 비교 대상이었다. 나는 여러 골목을 돌아다니며 평범한 일상 속에서 어쩌면 내가 보지 못했을 것들을 보곤 했다.

아이스크림 집, 떡볶이집… 잠시만, 떡볶이집? 갑자기 기억이 떠올랐다. 그때 가장 먼저 든 생각은 '오서봄은 어떻게 지낼까.'였다. 아직도 기억이 난다. 오서봄의 밝은 웃음들은 아직도 남아 있을지 궁금하기도 했다.

어느새 내 발걸음은 떡볶이집을 향하고 있었다. 그런데 누군가 있었다.

"… 윤고율?"

오서봄이었다. 그 아이는 나에게 아무런 말도 하지 않고 그저 웃음만 보였다. 그래서 나도 웃었다.

어쩌면 오서봄도 나를 좋아할지도 모른다.

나는 오서봄을 마주하고 멈춰 서 있었다. 오서봄은 여전히 밝게 웃고 있었고, 나는 그 미소에 홀린 듯 자연스럽게 따라 웃었다. 떡볶이집 앞에서 우리는 아무 말도 하지 않았지만, 그 짧은 순간에도 많은 감정이 오갔다.

"여기서 뭐 해?"

내가 먼저 말을 꺼냈다.

"그냥… 오랜만에 떡볶이가 먹고 싶어서."

오서봄은 가볍게 웃으며 대답했다.

나는 고개를 끄덕였다. 사실 나도 그랬다. 아니, 어쩌면 단순히 떡볶이가 아니라, 이곳에서의 추억이 그리웠는지도 모른다. 그리고 그 추억 속에는 오서봄이 있었다.

"같이 먹을래?"

오서봄이 먼저 제안했다.

나는 당연하다는 듯 고개를 끄덕였다. 우리는 나란히 앉아 떡볶이를 주문했다. 김이 모락모락 나는 떡볶이 국물에서 익숙한 향기가 퍼졌다. 젓가락을 들어 떡 하나를 집어 먹었다. 맵지만 달콤한 그 맛이 혀끝에 퍼지자, 이상하게도 가슴이 두근거렸다.

"윤고율, 너 괜찮은 거…. 맞아…?"

오서봄의 목소리는 작고 조심스러웠다. 무엇보다 꺼내기 어려운 질문이란 걸 서봄이도 알고 있었다.

나는 잠시 고민하다가 대답했다.

"응, 그냥… 잘 모르겠어. 너는?"

"나도 그래."

오서봄이 웃으며 떡 하나를 입에 넣었다.

"근데 가끔 얼마 전 생각이 나. 떡볶이 먹으면서 우리 같이 놀던 거, 장난치던 거…. 그런 것들."

나도 모르게 미소가 번졌다.

"나도 그래."

"저…. 그땐 미안. 너 혼자 두고 가서."

"아냐. 나라도 그랬을 거야. 재석이는 괜찮아?"

"응. 내가 조금 잘 돌려 말했지."

나는 피식 웃었다.

오서봄과 함께하는 시간이 무척 자연스러웠다. 마치 처음 떡볶이를 먹었을 때로 돌아간 기분이었다. 그때처럼 장난을 치고, 웃고, 가끔은 서로를 놀리면서 시간을 보냈다. 하지만 지금은 뭔가 달랐다. 어릴 적 단순한 친근함과는 다른, 말로 설명하기 어려운 감정이 있었다.

문득 오서봄이 내 눈을 똑바로 바라보았다.

"윤고율, 나 할 말 있어."

"뭔데?"

오서봄은 잠시 머뭇거리더니, 장난스럽게 웃으며 말했다.

"어…. 다음에도 같이 떡볶이 먹자!"

나는 피식 웃었다. 괜히 긴장했었나 보다.

"당연하지. 네가 사는 거지?"

"ㅋㅋ 그러지 뭐."

오서봄이 장난스럽게 내 어깨를 툭 쳤다.

그렇게 우리는 다시 웃었다. 밖은 어느새 노을이 지고 있었고, 떡볶이집 안은 따뜻한 공기로 가득 차 있었다. 내 마음도 마찬가지였다. 오서봄과의 시간이, 그리고 오서봄의 웃음이, 내 일상에 작은 봄처럼 스며들고 있었다.

봄이라서 그럴지도

 어느새 봄이었다. 칙칙하기만 했던 우리 아파트는 어느새 예쁜 벚꽃잎으로 물들었다. 봄은 짧지만, 정말 따뜻한 계절…. 아니, 봄이라고 뭐 다를 게 있나. 사람들이 봄이라고 나와서 더 낭만 있게 사는 모습들은 나에게는 그저 시시해 보였다.

 근데 예쁘긴 했다. 그래서 나도 봄을 좋아했던 것 같긴 하다. 예전에 봄이 되면 내 동생 손을 잡고 늘 벚꽃을 보러 갔었다. 봄을 그렇게 좋아하던 동생은 봄에 세상을 떠나지도 못했다. 그래서 그때부터 봄은 내 감정의 수치일 뿐이었다.

그런데… 또 다른 봄을 만난 것 같다.

그날 이후로 오서봄과 연락을 하며 지냈다. 그렇게 따뜻한 봄날, 오서봄이 연락이 왔다. 맑은 하늘과 살랑이는 바람이 기분 좋게 어우러지는 날이었다.

"벚꽃이 한창이래! 우리 벚꽃 보러 안 갈래?"

나는 가볍게 웃으며 "OK"를 보냈다.

그렇게 나는 버스 정류장 앞에서 오서봄을 기다리고 있었다. 벚꽃잎이 살랑이는 바람을 타고 흩날리며 거리를 물들이고 있었다.

잠시 후, 익숙한 목소리가 들려왔다.

"오래 기다렸어?"

나는 고개를 돌려 오서봄을 바라보았다. 예쁜 원피스를 입고 밝은 미소를 지으며 다가오는 오서봄은 오늘따라 더 환해 보였다.

"아니, 방금 왔어."

우리는 버스를 타고 공원으로 향했다. 도착하니 벚꽃이 흐드러지게 피어 있었다. 바람이 불 때마다 연분홍 꽃잎이 흩날리며 공원 전체를 감쌌다.

"우와, 진짜 예쁘다."

오서봄이 감탄하며 두 팔을 벌려 꽃잎을 맞았다.

나는 오서봄의 모습을 조용히 바라보다가 말했다.

"사진 찍어줄까?"

오서봄은 장난스럽게 손을 흔들었다.

"나보다 이 벚꽃이 더 예쁘잖아. 너나 찍어!"

나는 피식 웃으며 카메라를 들어 올렸다. 하지만 오서봄은 내 옆으로 다가와 함께 프레임에 들어왔다.

"이렇게 같이 나오는 게 더 좋잖아."

햇살 아래에서 그녀의 미소가 반짝였다. 그 순간, 마치 시간이 느리게 흐르는 것 같았다. 바람이 불어와 벚꽃잎이 우리 주위를 감쌌다.

우리는 돗자리를 펴고 아까 사 온 도시락을 꺼냈다. 떡볶이, 김밥, 과일까지. 우린 떡볶이 중독자인가 보다.

"저…. 고율아. 우리 다음에는 더 멀리 가볼까? 바다도 좋고, 산도 좋고."

오서봄이 한입 가득 김밥을 먹으며 말했다.

나는 고개를 끄덕였다.

"그래. 어디든 같이 가자."

봄바람이 불어오고, 우리는 함께 웃으며 시간을 보냈다. 벚꽃이 피는 봄날, 오서봄과 함께한 이 순간이 오래도록 기억 속에 남을 것만 같았다. 해가 저물어가자 우리는 천천히 짐을 정리했다. 공원 입구까지 함께 걸으며 하루의 여운을 느꼈다.

"오늘 정말 즐거웠어."

오서봄이 가볍게 미소 지었다.

나는 고개를 끄덕이며 말했다.

"나도."

버스 정류장에 도착하자, 서로 타야 할 버스가 달랐다. 오서봄은 먼저 오는 버스를 향해 손을 흔들었다.

"잘 가, 고율아. 내일 학교 오지?"

나는 대답 대신 미소를 지어 보였다. 오서봄이 버스에 올라타는 모습을 지켜보며 작게 손을 흔들었다. 버스가 출발하자 창가에 앉은 오서봄도 손을 흔들었다.

그렇게 각자의 집으로 돌아가는 길, 마음 한구석이 이상하게도 따뜻했다. 오늘의 기억이 봄바람처럼 내 마음속에 부드럽게 스며들었다.

봄이라서 그런가.

위로도 못 하는
내가 싫어서

"다녀오겠습니다."

나는 아침 일찍 경비실을 나섰다. 유난히 학교 가는 길이 좀 좋아 보였다. 벚꽃들은 이상하게 길을 아름답게 해주었다. 떨어져 쓸모없어진 꽃잎들인 줄만 알았던 것들도 다 예뻤다. 흩날리는 벚꽃을 보며 꽃잎이 되고 싶다는 생각이 들기도 했다. 그럼 모두가 나를 따스한 눈빛으로 바라봐주지 않을까? 아무래도 이벽 씨는 벚꽃이었나 보다.

그리고 오서봄도.

학교에 도착하니 한 여자아이가 앉아 있었다. 오서봄

이군. 나는 장난스럽게 뒤에 가 툭툭 쳤다. 그런데 조금 이상했다. 반응이 없었다. 얼굴을 보니 오서봄은 울고 있었다.

어…. 이게 아닌데.

"미… 미안…."

뭔 일이 있는 건지, 아니 무슨 일이 있는 것 같았다. 그런데 난 해줄 수 있는 게 없었다. 공감이라곤 해본 적도 없었고, 만일 공감을 해준다 해도 오서봄만 상처를 받을 게 뻔했다. 일단 모른 척하는 게 최선이라 생각했다. 하지만 우리 둘 말고는 아무도 없는 교실에서 한 명이 울고 있는데 다른 한 명은 가만히 있는 게 더 이상했다. 그런데 행동은 뜻대로 되지 않았다. 나는 그렇게 20분이나 가만히 있었다.

애들이 한 명, 두 명씩 들어오기 시작했다. 그제서야 오서봄은 집 나간 마음이 돌아온 건지 화장실로 가는 듯했다. 아무래도 그냥 일은 아닌 것 같았다. 아마 굉장히 무거운, 버틸 수도 없는 그런 일인 듯했다.

교실에는 웅성거림이 퍼지기 시작했다. 모두들 오서봄이 울었던 걸 눈치채고는 소곤거리며 속삭였다. 나는 여전히 자리에서 꼼짝하지 못한 채 가만히 앉아 있었다.

'내가 뭘 할 수 있었을까?'

자문했지만, 답은 나오지 않았다. 다만 뭔가 심각한 일이 벌어졌다는 것만은 분명했다. 오서봄이 화장실로 간 후에도 내 마음은 점점 무거워졌다. 숨을 들이마실 때마다 가슴이 죄어오는 느낌이었다.

그렇게 멍하니 앉아 있다가, 문득 오서봄이 다시 돌아오지 않는다는 사실을 깨달았다. 쉬는 시간이 끝나가도록 그녀는 돌아오지 않았다. 화장실로 가볼까, 아니면 기다려야 할까. 고민 끝에 자리에서 천천히 일어났다.

복도를 걸으며 머릿속은 복잡해졌다. 오서봄은 평소에 감정을 잘 숨기는 아이였다. 그랬던 아이가 이렇게 공개적으로 눈물을 흘렸다는 건 단순한 일이 아니라는 의미였다.

혹시….

불길한 예감이 들었다. 발걸음이 점점 빨라졌다. 여자 화장실 문 앞에 서서 조심스럽게 불렀다.

"오서봄…?"

대답이 없었다. 가슴이 철렁 내려앉았다. 손을 문에 가져다 대고 두드렸다. 그래도 반응이 없었다. 조용했다. 너무 조용했다. 문득 화장실 안에서 희미하게 흐느끼는 소리가 들려왔다.

나는 숨을 크게 들이쉬고 결심한 듯 문을 밀어보았다. 다행히 잠겨 있진 않았다. 문을 열자, 오서봄이 세면대 앞에 웅크리고 앉아 있었다. 손은 덜덜 떨리고 있었고, 거울에 비친 오서봄의 얼굴은 창백했다.

"오서봄, 괜찮아…?"

오서봄은 내 목소리에 천천히 고개를 들었다. 눈은 퉁퉁 부어 있었고, 입술은 잔뜩 깨물려 있었다. 나는 오서봄의 상태를 보고 말문이 막혔다.

오서봄은 한참 동안 나를 바라보더니, 힘없이 입을 열

었다.

"… 도망치고 싶어."

그 순간, 무언가가 내 심장을 움켜쥔 것 같았다. 도망치고 싶다니…, 대체 무슨 일이 있었던 걸까. 저런 말을 하던 오서봄은 예전의 나와 겹쳐 보였다.

나는 아무 말도 할 수 없었다. 그저 그 여자화장실 앞에 서서 오서봄이 조금이라도 진정될 때까지 기다릴 뿐이었다.

시간이 얼마나 흘렀을까. 오서봄은 눈물을 닦고 힘겹게 입을 열었다.

"사람들이 몰라줬으면 좋겠어. 그냥… 아무 일도 없었던 것처럼 지나갔으면 좋겠어."

나는 오서봄의 말을 곱씹으며 조용히 고개를 끄덕였다. 무슨 말을 해야 할지 몰랐고, 어설픈 위로는 오히려 상처가 될 것 같았다.

그때, 오서봄의 눈빛 속에는 두려움과 혼란이 가득했다.

"교실로 돌아가자."

내가 조심스럽게 물었다.

오서봄은 잠시 망설이다가, 깊은 한숨을 내쉬며 천천히 일어섰다.

"… 응, 가야겠지."

그 모습을 바라보며 나는 생각했다.

우리가 사는 인생이란 결국 그런 것일지도 모른다. 때로는 도망치고 싶고, 모든 걸 멈추고 싶지만, 결국 우리는 다시 걸어가야 한다.

누구도 완벽하지 않고, 누구도 늘 강할 수 없기에 서로의 곁에서 잠깐 멈춰 서주어야 했다. 그리고 다시 앞으로 나아가도록 도와주는 게 인생일지도 모른다.

오서봄의 발걸음은 여전히 무거웠지만, 나는 오서봄의

곁에서 함께 걸었다. 우리 앞에 어떤 일이 기다리고 있을지 몰랐지만, 적어도 이 순간만큼은 오서봄이 혼자가 아니길 바랐다.

기나긴 8교시는 순식간에 지나갔다. 종례를 마친 후, 오서봄에게 다가갔다.

"오서봄. 나랑 어디 가지 않을래?"

오서봄은 퉁퉁 부은 눈을 만지며 끄덕였다. 그렇게 오서봄과 이벽 아저씨는 만났다.

"아저씨, 인생은 가까이서 보면 비극이지만 멀리서 보면 희극이래요."

이벽 2

그날, 내 경비실에 방문한 그 친구의 똘망똘망한 눈은 통통 부어 있었고, 오똑한 코 위에는 작고 여린 눈물이 맺혀 있었다. 그런데 그때 내 눈에 들어온 건, 서봄이 보다 고율이었다. 고율이의 눈에서는 걱정이 드러났다. 스윽 보면 모르지만 뭔가 달라졌었다. 그리고 왠지 모르게 대견함이 들었다.

"아이쿠, 고율이가 예쁘장한 손님을 데리고 왔구나. 고구마 줄까?"

그 친구는 훌쩍거리며 내가 주는 고구마를 받았다.

"이름이 뭐니?"

"저…. 오서봄이요."

그 친구가 답했다.

"이름 참 예쁘네. 내 이름은 이벽이야."

서봄이는 훌쩍거리며 피식 웃었다.

"에이, 어떻게 사람 이름이 이벽이에요?"

"진짠데…. 나는 벽처럼 단단하고도 굳은 사람이거든."

고구마를 한입 깨물던 서봄이는 내 말을 듣고 눈을 동그랗게 떴다. 그러더니 고율이를 힐끗 바라보고 다시 나를 쳐다보며 입을 열었다.

"정말요? 벽처럼 단단하다고요?"

"그럼. 이 경비실을 지키는 것도, 여기 사람들을 지켜보는 것도 다 내 몫이지. 벽이란 건 쉽게 무너지지 않아야 하거든."

 서봄이는 내 말을 곰곰이 되새기는 듯했다. 눈물로 얼룩진 얼굴이었지만, 한편으로는 안심한 기색도 보였다. 그때 고율이가 슬며시 서봄이의 손을 꼭 잡았다.

 "오서봄, 이벽 아저씨는 진짜 좋은 분이셔. 내 인생에서 제일 따스한 사람이야."

 나는 너털웃음을 지으며 고율이 머리를 살짝 헝클어뜨렸다.

 "그래, 고율이가 말해줬으면 믿어야지. 그런데 서봄이는 무슨 일이 있었길래 이렇게 울었어?"

 서봄이는 한동안 말이 없었다. 고구마를 꼭 쥔 채로 망설이는 듯하더니, 조용히 입을 열었다.

 "그냥… 좀 힘든 일이 있었어요."

 그 말 한마디에 고율이의 눈빛이 더 깊어졌다. 나는 서봄이를 가만히 바라보다가 따뜻한 차 한 잔을 건넸다.

"세상에는 힘든 일이 참 많지. 하지만 그럴 땐 아저씨에게 기대도 괜찮아. 여기 와서 이야기해도 되고."

서봄이는 내 말을 듣고 잠시 고민하다가, 얕은 미소를 지었다.

"근데, 뭐… 사람들 다 힘들잖아요. 누구한테든 말 못할 일 하나쯤은 있는 거니까."

그리고는 서봄이는 고율이와 눈을 마주쳤다. 고율이는 아무 말 없이 서봄이의 손을 꼭 쥐었다.

그 순간, 내 눈에는 더 이상 축 처진 서봄이의 눈이 아니라, 조그맣지만 단단한 용기를 내보이려는 고율이의 얼굴만이 들어왔다. 언제 이렇게 큰 건지. 기특하면서도 조금 서운하기도 한 마음이 시렸다. 겨울바람처럼 다가왔던 고율이의 그 마음들은 어느새 따스한 봄바람으로 변하고 있었다.

"그래, 결국 사람은 다 아프고, 다 외롭지."

나쁜 아이

 그렇게 봄이 흘렀다. 사람들은 모두 자신의 삶에 익숙해져 있었고, 변화라는 것은 점점 더 먼 이야기처럼 느껴졌다. 익숙함은 변화와 천적인가 보다.

 하루하루 반복되는 일상 속에서 누구도 크게 불평하지 않았다. 적당한 해야 할 일들, 무난한 인간관계, 때때로 찾아오는 소소한 즐거움. 모두가 익숙한 패턴 안에서 살아가고 있었고, 그것이 나쁜 것도 아니었다. 하지만 어느 순간부터인가, 삶이란 것이 그저 흘러가는 물살처럼 느껴지는 사람들이 있었다.

 처음에는 사소한 기분이었다. 아침에 눈을 뜨면 오늘

이 어제 같고, 어제가 그저 그런 하루였던 것처럼 기억조차 희미했다. 점심시간이면 같은 급식실에서 비슷한 메뉴를 먹고, 하교 후에는 관계 형성 도모 시간을 가진 후, 피곤을 달래다 잠들었다. 크게 불행한 것도 아니지만, 그렇다고 딱히 만족스러운 것도 아닌 상태. 어쩌면 모두가 그런 기분을 느끼고 있었는지도 모른다. 하지만 바쁘다는 이유로, 혹은 굳이 불편함을 만들 필요가 없다는 이유로 아무도 깊게 생각하지 않았다.

그렇게, 사람들은 조금씩 변화에 둔감해졌다. 새로운 가능성을 꿈꾸는 일이 점점 줄어들었고, '어쩔 수 없는 것'이라는 말로 현실을 받아들이는 데 익숙해졌다. 누군가는 여전히 바쁘게 움직였지만, 그것이 진정한 의미에서의 '삶'인지, 아니면 단순한 '소모'인지조차 구별하기 어려운 상태였다.

나 역시도 그랬다. 모든 게 나에게는 박물관의 한 그림처럼 순식간에 지나갔다. 너무나 훌륭한 작품들이 많아 그저 스쳐 지나가는 듯한 유명한 나의 인생. 이벽 씨를 만나고 나에게는 수많은 변화가 생겼다. 어쩌면 이벽 씨는 나를 만날 걸 알고 있었을지도 모른다. 그는 늘 나에게 그를 스치는 따스한 손길과 딴생각 아닌 딴생각인 것들을 보여주었으니까.

그러던 어느 날, 이 조용한 흐름에 작은 균열이 생겼다.

그날 이후, 오서봄은 점차 활기를 되찾았다. 하지만, 이벽 아저씨는 왠지 모르게 내 동생의 예전 처절한 뒷모습만큼 어두워져 갔다. 나는 이유는 묻지 않았다. 이 또한 살아가며 느낄 부분이라 생각했으니까. 그리고 나에게는 어두움이 익숙했으니까. 어두움이 변화라 생각되지 않았다. 그런데 이벽 아저씨에게는 큰 변화였나보다.

오서봄과의 관계가 더 가까워질수록 아저씨와는 한 발자국씩 멀어지는 듯한 느낌이 들었다. 이상했다. 내게는 아저씨밖에 없었는데. 아저씨의 웃음이 세상에서 제일 아름다웠었는데. 나는 아무래도 나쁜 아이인가 보다.

나를 위해 살아가고, 나를 위해 누군가를 만나는
그런
나쁜 아이.

제4장

어렵게 띤 미소를 지워버리는

악랄한 애,
근데 아프다잖아

 오늘도 떡볶이집 앞을 지나갔다. 물론, 그 문에는 "휴무합니다."라는 문구가 다시 보였다. 이 한 문장이 그렇게 내 마음속 깊이 남았다. 내 삶은 점점 변해가고 있는데, 왜 주변은 그대로인 걸까. 나만 변하는 걸까? 어쩌면 세상이 나를 부정한 게 아니었던 것 같다. 나 스스로 만든 누구나 걸려 넘어질 돌덩이였을지도.

 옆에서 무슨 소리가 들렸다. 바로 옆은 아니었다. 그런데 분명 주변이었다. 거친 숨소리. 그 소리가 나는 방향을 찾으려 했지만, 불가능했다. 분명 주변인데. 도대체 어디서 나는 소리인지를 보며 위쪽을 쳐다보았다.

그때, 내 눈에 들어온 건 구동진. 구동진은 분명 울고 있었다. 나는 순간 얼어붙었다. 구동진이 울고 있었다. 그것도 건물 옥상 위에서. 내가 알던 구동진은 울 일이 없는 사람이었다. 아니, 적어도 내 앞에서는 그런 감정을 보인 적이 없었다. 걔는 언제나 악랄했고, 두려웠다. 그런데 지금, 저렇게까지 무너진 얼굴로 울고 있다니.

나는 망설였다. 다가가야 할까, 아니면 모른 척해야 할까. 내가 다가가는 게 맞는 걸까. 하지만 내 발은 이미 구동진을 향해 움직이고 있었다.

"구동진."

구동진은 내 목소리에 움찔했다. 그리고 천천히 고개를 들었다. 눈은 벌겋게 충혈되어 있었고, 입술은 바짝 말라 있었다. 한참을 망설이다가, 구동진이 힘겹게 입을 열었다.

"… 보지 마."

그 말이 왜 그렇게 아프게 들렸을까.

"왜 울어?"

나는 조심스레 물었다.

구동진은 대답하지 않았다. 대신 얼굴을 돌려버렸다. 그런 구동진을 보며, 나는 문득 방금 전 내 생각이 떠올랐다. 세상이 나를 부정한 게 아니었을지도 모른다는 그 생각. 어쩌면, 구동진도 그런 돌덩이를 짊어진 채 여기까지 온 게 아닐까. 누구에게도 보이고 싶지 않은, 혼자만의 무게를 안고서. 나는 아주 조용히, 그러나 확실하게 말했다.

"괜찮아. 그냥 있어도 돼."

그 말에 구동진은 잠시 멈칫하더니, 다시 울기 시작했다.

"고율아, 미안해…. 미안해…. 미안… 해…. 미…."

이번에는 더욱 깊이, 더욱 조용히. 그리고 나는 그 곁에서 가만히 서 있었다.

운 없는 내 동생

"구동진, 전학 갔다."

담임 선생님은 목소리를 낮추어 말씀하셨다.

구동진은 많이 달랐다. 내가 알고 있던 구동진과는 느낌이 달랐다. 그날 이후로는 구동진을 볼 수 없었다. 먼 학교로 전학을 갔다나 뭐라나. 근데 왜 이렇게 신경이 쓰이는 걸까. 나는 원래 이런 애가 아닌데. 남들 신경 쓰지 않고 살아가는 사람이었는데.

구동진이 떠난 뒤로도 내 머릿속에서 구동진의 모습이 자꾸만 떠올랐다. 마지막으로 본 그날, 구동진은 평소와 달랐다. 뭐랄까, 낯설기도 하고 이상하게 멀어 보이기도 했다. 왠지 모르게 선뜻 다가갈 수 없었다.

처음에는 그냥 그러려니 했다. 어차피 내 삶에 크게 영향을 줄 일도 아니었다. 하지만 이상하게도 머릿속에서 지워지지 않았다. 가끔씩, 아주 사소한 순간에도 구동진이 떠올랐다. 처음 봤던 날, 그리고 복도에서 스쳐 지나가던 모습, 술 취해 난동 부리던 아빠를 비웃던 모습, 심지어 별 의미 없이 했던 말들까지.

'대체 왜 이러지?'

정말 남들이야 어찌 되든 크게 신경 쓰지 않고 살아왔는데, 왜 유독 구동진에게만 이렇게 마음이 가는 걸까. 그의 전학 소식을 전해 듣고도 시큰둥한 척했지만, 솔직히 말하면 시원섭섭했다.

이렇게까지 신경 쓰일 거면, 마지막으로 한 번이라도 제대로 말을 걸어볼 걸 그랬나. 지금 와서 후회한들 아무 소용도 없지만.

이상하게 오늘따라 책 속의 글자가 더더욱 눈에 들어

오지 않았다. 그저 '하얀 것은 종이요, 검은 것은 글씨요.'라는 생각뿐이었다.

그렇게 수업은 끝났다.

학교 수업을 마치고, 나는 오랜만에 재석이와 떡볶이집으로 향했다. 식사가 관계를 깊게 해준다나 뭐라나.

"오늘은 어머니가 계실 거야."

재석이가 휴대폰을 보며 말했다.

"그래? 다행이네."

그렇게 우리는 떡볶이집 앞에 들어섰다. 재석이 말대로 오늘은 "휴무합니다." 문구가 걸려 있지 않았다. 내심 반가웠달까.

재석이 덕분에 이 떡볶이집을 알게 되어 그 후로 자주 갔던 것 같다. 그래서 아주머니와도 좀 친해졌었다.

우리는 구석진 자리에 앉았다. 재석이는 익숙한 듯 메

뉴판도 보지 않고 주문을 넣었다. 떡볶이 2인분에 튀김 몇 가지, 그리고 어묵 국물까지. 나는 자리에서 주위를 둘러봤다. 예전과 다름없는 풍경이었다. 벽에는 군데군데 빛바랜 연예인 사진과 손님들이 남긴 낙서가 가득했다. 익숙한 매운 떡볶이 냄새가 코끝을 찔렀다.

잠시 후, 재석이 어머니가 주문한 음식을 들고나왔다.

"어머, 고율이 오랜만이네?"

"네, 잘 지내셨어요?"

내가 인사하자, 어머니는 환하게 웃으시며 내 앞에 떡볶이를 내려놓았다.

"그럼. 고율이는 항상 똑같구나. 여전하네."

재석이는 멋쩍게 웃으며 떡볶이를 한 입 집어 먹었다. 나도 젓가락을 들었다. 역시 이 맛이다. 적당히 매콤하면서도 달달한 소스가 쫄깃한 떡에 잘 배어 있었다.

"학교는 어때?"

어머니가 물었다.

나는 잠시 고민하다가 솔직하게 대답했다.

"뭐, 그냥 그래요. 늘 그렇죠."

재석이는 고개를 끄덕이며 덧붙였다.

"시험 기간이라 좀 힘들긴 한데, 먹고 나면 힘 날 거예요."

맞다. 시험 기간이었지. 어머니는 흐뭇한 듯 웃으며 주방으로 돌아가셨다.

나는 떡볶이를 씹으며 문득 예전 생각이 났다. 처음으로 함께 아이스크림을 먹었던 기억. 떡볶이집이 문을 닫아 정말 어쩔 수 없이.

"왜 웃어?"

재석이가 물었다.

"그냥. 옛날 생각나서."

재석이도 그 기억이 떠올랐는지 고개를 끄덕였다.

"그러고 보니, 그때 우리 엄청 웃었었지."

"응. 네가 그때 허황함이 뭐냐고 물어봤었지."

"그랬지. 그래서 그런가? 이젠 조금 알 것 같기도 해."

나는 흠칫 놀랐다.

"벌써?"

"아니. 농담이야."

재석이가 장난스럽게 말했다.

우리는 웃으며 떡볶이를 계속 집어먹었다. 따뜻한 음식과 익숙한 공간, 그리고 오랜 친구. 별것 아닌 대화였지만, 이상하게 기분이 좋았다.

그렇게 재석이와의 시간을 가진 후, 경비실로 갔다.

"아저씨."

"아저씨."

나는 한 번 더 두드렸다.

"아저씨?"

이상했다. 경비실에는 아무도 없는 듯했다. 무슨 일이 있나 싶어 조금 걱정이 되기도 했지만, 조금 기다려 보기로 했다.

10분 뒤, 저 멀리서 뭔가 남자 실루엣이 흐릿하게 보였다. 하지만 이벽 아저씨는 아니었다. 아저씨가 이렇게 오래 경비실을 비워두실 일은 없을 거라 생각했다. 전화도 해보았다. 그런데 아저씨는 받지 않았다. 이상했지만, 괜찮을 거라는 믿음을 가지고 주변을 조금 걷기로 했다. 나는 아파트 주위를 쭉 둘러보았다. 왜인지 사람들이 안 보였다. 분명 지금 시간이면 바쁘게 퇴근을 해야 할 텐데 말이다. 내 눈에 보이는 건 우뚝 세워져 있는 나무들뿐이었다.

"나무들이 이렇게 많았나…."

어느새 나는 나무들을 세고 있었다. 이렇게 아무 생각 없이 걷는 것. 충분히 매력이 있었다. 아무 생각 없이 있는 게 얼마 만일까.

나는 늘 생각이 많았다. 아니, 근데 사실 그럴 수밖에 없었던 것 같다. 어린 나의 작은 뇌가 버티기 힘든 무거운 것들이 마구 쏟아졌었으니까.

그러다 나는 어느새 내가 살던 동 앞에 이르렀다. 여기는 정말 오랜만이었다. 위를 찬찬히 바라보니, 내가 지독히도 벗어나고 싶었던 4층이 보였다. 낡은 아파트 건물도 차마 보지 못할. 그곳의 베란다에서는 내 동생이 보였다. 네가 그렇게 떠났는데도, 세상과 제대로 된 작별인사도 못 한 채. 근데 왜 난 그걸 바라만 보는 오빠였을까.

운별아. 미안해. 그래도 오빠는 널 사랑해.

지하 끝 속까지 파묻혀 괴로워했던 그때의 오빠에게

너는 그저 행운이었어.
 미안해, 운별아. 정말….

 이 이름을 얼마 만에 불러보는지 모르겠다.

 이름답지 않게 운이 지지리도 없어서 마음 한구석이 자꾸만 아파왔다. 운별이가 잘 있을지도 모르겠다.

 보슬비처럼 내리는 내 눈물이 통쾌했다. 그냥 이렇게 흘려버리면 될 것을. 왜 자꾸 참고만 있었을까. 그렇게 흘리고 나니 마음속 돌덩이가 부서졌다.

 "고율아."

 뒤를 돌아보니 이벽 아저씨였다. 아저씨는 외로워 보였다. 그래서 나는 말없이 아저씨를 꼭 안아주었다.

혼자가 아닌
살아가는 것

 우린 오랜만에 처음으로 아저씨와 깊은 대화를 나눈 장소로 향했다. 그곳은 여전히 아름다웠다. 그곳의 정상은 반짝였고, 공기는 상쾌했다. 이때 아저씨와 나눈 대화가 새록새록 떠올랐다. 아저씨와 아내분의 첫 만남 이야기가 그때는 왜 그렇게 재미있었을까 하는 생각이 들었다. 그저 흔한 사랑 이야기였을 뿐인데.

"고구마… 먹을래?"

이 말에 나도 모르게 피식 웃음이 새어 나왔다.

"아저씨는 고구마를 매일 들고 다니시는 거예요? 볼

때마다 고구마를 주시지 않나, 그러실 거면 고구마 장수 하시지. 왜 경비실을 담당하셔서 가지고."

"고구마 장수…. 재밌겠네. 그런데 고구마 장수를 했더라면 고율이 같은 속 깊은 아이는 못 만났겠지?"

"에이. 아저씨는 고구마 장수였어도 저한테 고구마 내미시면서 만났을걸요?"

아저씨는 멋쩍으신 듯 머리를 긁으셨다.

"고율아, 고마워."

어…. 이 한마디는 살아오며 한 번도 듣지 못했던 말이었다는 게 생각났다. 모두가 나에게 바라는 것들만 보았지, 나를 보진 않았다. 묘하게 찡했다. 그래서 나는 말없이 아저씨의 손을 꼭 잡았다.

"우리 고율이, 참 많이도 컸다."

아저씨는 울음 반, 웃음 반으로 말씀하셨다.

그래서 나는 말없이 아저씨를 안아주었다. 그제서야 잊고 있던 그의 따스함이 느껴졌다. 이걸 어떻게 잊었던 걸까. 나에겐 너무나 소중했던 따스함이었는데. 시간이 흘러갈수록 나는 무뎌지는 것 같다. 마치 아이돌 빅뱅의 가사에서의 알 수 없던 황홀경이 나를 반겼다. 그때의 내가 보고 느끼던 세상과는 어울리지 않았다.

그 어떤 말도 위로가 될 수 없었던 상황들은 이벽 아저씨의 따스함이 조용히 덮였던 기억이 아직도 생생하다. 왜 근데 난 이걸 잊었을까. 왜. 왜···.

아무래도 나는 이기적인 아이인가 보다.

아저씨의 따스한 품에서 나는 한동안 그 온기를 느끼며 눈을 감았다. 잠시나마 잊혀 지냈던 예전의 기억들이 파노라마처럼 스쳐 지나갔다. 아저씨와 함께 웃고 울었던 순간들, 그리고 아저씨가 내게 준 따뜻한 사랑이 떠올랐다. 한동안 나는 중요한 것들을 놓치고 있었음을 깨달았다. 아저씨의 등을 토닥이며, 나는 마음속으로 다짐했다. 그들의 따스함을 잊지 않고, 나 또한 그들에게 따스함을 전하는 사람이 되겠다고.

삶은 혼자 살아가는 것이 아니었다. 서로의 마음을 나누며 손을 잡고 걸어가는 여정임을, 나는 아저씨를 통해 다시 한번 깨달았다.

다음에 올게, 운별아

 그렇게 시험 기간이 지났다. 당연히 시험은 망했다. 하지만, 인생에서 시험이 전부가 아니라는 걸 깨달았기에 후회는 없었다. 그 어떠한 것보다도 삶은 시험만큼 단순한 게 아니었다. 무엇이 정답인지, 오답인지도 정할 수 없었다.

 근데 그게 삶의 묘미였다.

 왜 그걸 이제서야 깨달았을까. 삶은 세상이 정해주는 게 아니었다. 내가 정하는 것도 아니었다. 그냥 모르는 거였다. 이게 정답인지, 오답인지는. 아무도.

 오늘은 그림을 그렸다. 가끔 하루 종일 그림을 그리는

날이면, 마음이 편했다. 내가 원하는 모든 걸 표현할 수 있다는 게, 얼마나 멋진 일인지. 오늘 한 번 더 느낀다. 왠지 모르게 오늘은 평범한 일상을 그리고 싶어졌다. 그러다 든 생각은,

'평범한 일상이 뭐지?'

평범한 일상이라…. 아침에 눈을 뜨고, 창문을 열어 바깥 공기를 마시고, 따스한 숨결을 마시며 하루를 시작하는 것. 길을 걸으며 스치는 바람을 느끼고, 노을이 지는 하늘을 바라보다가, 밤이 오면 조용한 경비실 안에서 다시 하루를 마무리하는 것.

그런 순간들이 모여 '평범한 하루'라고 불리는 거라면, 정말 평범하기만 할까?

오늘 그림을 그리며 생각했다. 나는 평범한 일상을 그리고 싶었지만, 내 손끝에서 탄생한 장면들은 예상보다 더 다채로웠다. 원래 나는 연필로만 그림을 그렸었다. 색감이 전혀 없는. 그런 흑백의 묘미를 느끼며. 그런데 얼마 전부터 자연스럽게 색을 느끼기 시작했다. 따스한 계열과 차가운 계열을 적절히 쏟아낸 그림들은 마치 위로

의 말보다 더 와닿았다. 노란빛이 감도는 창가, 테이블 위에 놓인 낡은 책 한 권, 머그잔에서 피어오르는 하얀 김, 창밖을 바라보는 한 사람. 어디에서나 볼 수 있는 풍경 같았지만, 이상하게도 낭만이 묻어났다. 어쩌면 평범한 일상 속에서도 특별함이 스며들어 있기 때문일까.

매일 마주하는 햇살도, 지나는 사람들의 웃음소리도, 우연히 들려오는 음악도. 별생각 없이 지나칠 수 있는 것들이지만, 가만히 들여다보면 그 안에는 따뜻한 이야기가 담겨 있다. 오늘 나는 그림을 통해 그런 작은 이야기들을 하나씩 꺼내 보았다.

그래서 문득 깨달았다. 평범한 일상이라는 건 어쩌면 존재하지 않을지도 모른다고. 우리가 흔하다고 생각하는 순간들조차, 다시 돌아오지 않을 단 한 번의 시간들이니까. 오늘을 그리고, 내일을 맞이하는 이 순간도 결국 다시 오지 않을 특별한 한 조각.

그렇다면 나는 이 '평범한' 하루를 조금 더 사랑해야겠다.

문득 어제의 4층이 떠올랐다. 피하는 건 답이 아닌 듯했다. 이건 나의 평범한 하루를 조금 더 사랑하기 위해

서였다. 그래서 나는 직접 가보기로 했다. 그곳으로 가는 길은 유난히 더 짧게 느껴졌다. 어느새 내 앞에는 그 건물이 무심히 서 있었고, 내 마음을 저렸다.

"하아…."

나는 숨을 크게 내쉬었다.

로비로 가자 많은 일들이 떠올랐다. 불과 얼마 전 아빠에게 미친 듯이 맞았던 기억도 생각났다. 그때 나는 도망치는 겁쟁이였다. 고개를 저으며 나는 엘리베이터의 올라가는 버튼을 꾹 눌렀다. 엘리베이터는 천천히 내려오고 있었다. 그렇게 1층에 도착했다.

"1층입니다."

엘리베이터의 안내 목소리는 나의 심장을 더 뛰게 했다. 그렇게 나는 엘리베이터에 한 발, 한 발 디뎠다. 내가 들어오자마자 무섭게 엘리베이터 문은 닫혔다. 그리고 나는 4층을 눌렀다.

4층으로 올라가는데 생각보다 많은 시간이 걸리는 듯

했다. 1층, 2층을 올라갈수록 이 엘리베이터 안을 벗어나고 싶은 생각이 강력하게 들었다. 그러다 4층에 도달했다.

"4층입니다. 문이 열립니다."

문이 열리자, 나는 무거운 발걸음을 이끌었다. 그리고 조심스레 402호로 향했다.

402호 문 앞에 서자 가슴이 두근거렸다. 나는 혹시나 해 조심스레 초인종을 눌렀다. 역시나 응답이 없었다. 그래서 나는 예전 비밀번호를 하나씩 눌렀다.

"삑, 삐, 삐, 삐삑…."

나는 숨을 크게 들이마셨다.

문은 "철컥" 소리와 함께 열렸다. 그 소리가 들리자마자 나는 괜히 놀랐다.

그리고 몇 달 만에, 정말 오랜만에 402호를 들어갔다.

집은 난장판이었다. 시간이 정지한 것처럼 그 끔찍한

그 순간에 멈춰 있었다. 적막한 침묵에 내 발소리만 들릴 뿐이었다.

'툭' 그때 내 발에 무언가 걸렸다. 노란 돼지 저금통이었다. 이건 내가 운별이의 4살 생일선물로 준 거였다. 혹시나 해 저금통 안을 살짝 보았다. 그곳에는 꼬깃꼬깃 구겨진 천원 3장이 있었다. 돈도 잘 모르는 애가 천 원이 예쁘다며 가져간 게 아직도 기억난다. 근데 3개나 가져갔었네. 참.

어느새 노란 돼지 저금통은 내 품속에 있었다. 놓고 가고 싶지 않았다.

또 한 번 미안해, 운별아. 오빠가.

주변을 둘러보니 여러 흔적들이 보였다. 베란다에는 차마 못 가겠었다. 다시 한번 미안해, 운별아. 오빠가 다음에 또 올게.

다음에… 꼭….

그렇게 나는 운별이에게 마지막 인사를 건넸다.

안쓰럽다

 다음 날 아침, 눈을 뜨자마자 창문을 열었다. 차가운 공기가 방 안으로 스며들며 나른한 잠을 깨웠다. 저 멀리 새소리가 희미하게 들려왔다. 노란 돼지 저금통은 여전히 내 곁에 있었다. 밤새 품에 안고 자서 그런지, 내 곁에 운별이가 아직도 남아 있는 것 같았다.

 천천히 일어나 테이블에 저금통을 올려두었다.

 햇살이 스며든 창가에 놓인 저금통은 묘하게 따뜻해 보였다. 어제의 감정들이 다시 밀려들었다. 운별이와 함께했던 기억들, 그리고 끝내 지켜주지 못했던 미안함까지. 하지만 어제 402호에 다녀온 게 잘한 일이었다고 생각했다. 어쩌면 나는 그곳을 평생 외면한 채로 살아가고 있었을지도 모른다.

 습관처럼 컵에 따뜻한 물을 따랐다. 하얀 김이 피어오르는 걸 보면서 문득 어제의 그림이 떠올랐다. 평범한 일상을 그리겠다고 했지만, 결국 그 안에서도 특별함을 발견했듯이, 어쩌면 이 아침도 단순한 아침이 아닐지 몰랐다.

 오늘은 무엇을 그릴까. 행복한 순간을, 아니면 어쩌면 조금은 무거운 감정을 담아볼까. 그렇게 고민하며 경비실 창밖을 바라보았다. 창문 너머로는 평범한 거리 풍경이 펼쳐져 있었다. 출근하는 사람들, 등교하는 학생들, 바삐 움직이는 차량들. 하지만 그 안에는 각자의 사연이 담겨 있을 것이다. 누군가는 기쁜 마음으로 하루를 시작하고, 누군가는 어제의 무게를 안고 걸어가겠지.

 그럼 나는? 나는 오늘 어떤 하루를 살아가야 할까.

 손을 뻗어 저금통을 가만히 쓸어내렸다. 어제는 그곳에 가서 운별이를 만나고 왔다면, 오늘은 나를 위한 하루를 살아봐도 괜찮지 않을까. 어쩌면 그렇게 하나씩 쌓아가다 보면, 언젠가 운별이에게 덜 미안해질 날이 오지 않을까.

그렇게 생각하니, 마음이 조금은 가벼워졌다.

나도 학교로 그들을 따라 자연스레 학교로 향했다. 어쩌면 이 모든 일들은 그저 평범한 건 아니었다. 그런데 왜 난 여태껏 익숙하게만 여겨졌을까.

갑자기 내가 또 안쓰럽다.

고율아.

안쓰럽다.

나는 그저 세상이
넓은 줄 알았다

　인생을 살아가다 보면 우리는 수많은 사람들을 만나고 헤어진다. 그중에는 스쳐 지나가는 인연도 있고, 오랜 시간 곁에 머무르는 인연도 있다. 하지만 어떤 만남은 마치 운명처럼 다가와, 마침내 우리가 찾아 헤매던 누군가를 만난 듯한 기분이 들게 한다.

　그리고 지금, 바로 그 순간이 온 것만 같다. 마치 오랜 시간 기다려온 만남처럼, 방금 마주한 그 사람이 낯설지 않다. 오히려 아주 오래전부터 알았던 사람처럼 편안하고 익숙하다. 어쩌면 이 만남은 우연이 아니라 필연이었을지도 모른다. 수많은 길을 지나, 여러 갈림길에서 선택을 거듭한 끝에 결국 마주하게 된 인연.

이제야 깨닫는다. 인생은 그런 순간들의 연속이며, 어떤 만남은 단순한 스침이 아니라 우리의 삶을 바꿔놓을 특별한 의미를 지닌다는 것을. 그리고 지금, 그 특별한 만남이 시작된 것만 같다.

학교를 마치고 서봄이와 떡볶이를 먹으러 가려 했다. 하지만, 서봄이는 학원에, 재석이는 다른 친구와 약속이 있어 결국 나 혼자 이곳에 오게 되었다.

그런데도 아주머니는 나를 한없이 반가워해 주셨다.

아주머니와 이런저런 대화를 나누었다. 오늘은 이상하게도 손님이 없어 떡볶이집에는 아주머니와 나, 그리고 떡볶이뿐이었다.

아주머니에게 나의 속을 조금 털어놓았다.

아마 이건 아주머니가 두 번째였을 거다. 아주머니는 이상하게 포근했다. 조금 서툴기도, 때론 엄격하시다고는 들었지만, 봄바람처럼 사람들을 감싸주는 때가 더 많았다.

나는 종이컵을 만지작거리며 입을 열었다.

"그냥… 요즘은 인생이 평범한데요. 괜히 답답하고, 뭘 해도 재미가 없달까요. 그냥 그런 날들이에요."

아주머니는 젓가락을 내려놓고 천천히 고개를 끄덕였다.

"그럴 때 있지. 그냥 마음 한구석이 허전하고, 공허한 날. 그건 이상한 게 아니야. 누구나 느끼는 거지."

나는 작게 웃었다.

"맞아요. 아무것도 아닌데, 혼자인 것 같고."

아주머니가 따뜻하게 말했다.

"그럴 때는 너무 심각하게 생각하지 마. 사람 마음은 원래 파도 같아서, 오르락내리락하는 게 당연한 거거든."

"아주머니는 그런 날 없어요?"

아주머니는 창밖으로 시선을 옮겼다.

"많았지. 근데 나도 그냥 이렇게, 누군가랑 따뜻한 떡볶이나 한 입 나눠 먹으면서 버텼어. 그래서 너는 오늘 내게 정말 고마운 손님이야."

그 말을 듣고 나니 내 기분은 이상했다. 크게 위로받은 건 아니었지만, 묘하게 마음이 가벼워졌다.

다시 한번 느끼는 건,

세상에 따뜻한 사람들도 존재한다는 것이다.

"고율아, 저 주방에서 음료수 꺼내올래?"

나는 아주머니의 말을 듣곤 격렬하게 고개를 끄덕였다. 마침 목이 마를 참이었다. 그렇게 냉장고에서 환타와 콜라 중 열심히 고민하던 중 무언가 눈에 띄었다. 주방은 정말 깨끗했다. 10년 넘은 듯한데도 얼마 전에 지은 듯했다. 그런 탁자 위에 한 액자가 놓여져 있었다.

젊은 시절의 아주머니가 남편과 함께 찍은 사진인 듯했다.

그런데
낯익은 얼굴이었다.

이벽 씨였다.

인생의 실수

 나는 황급히 음료수를 탁자 위에 놓곤 아주머니에게 급한 일이 생겼다고 말한 뒤, 재빨리 떡볶이집을 빠져나왔다. 아니, 이게 무슨 일이람. 설마 저 아주머니 이름이 '김여윤'인 걸까? 아저씨의….

 아니 잠시만, 섣부른 판단은 금물이다. 나는 경비실로 달려갔다.

 "아저씨!! 아저씨!! 인생은 가까이서 보면 비극…."

 내 말이 끝나기도 전에, 문이 열렸다.

"고율이?"

나는 잠시 숨을 고르며 아저씨를 바라봤다.

아저씨는 여전히 평소처럼 무심한 얼굴이었지만, 눈가에 스치는 미묘한 떨림을 나는 놓치지 않았다.

"고율아, 무슨 일이야?"

아저씨의 목소리는 차분했지만, 나를 꿰뚫어 보려는 듯한 눈빛이 느껴졌다. 나는 머뭇거리며 입을 열었다.

"아저씨… 저 아주머니, 혹시….."

하지만 그다음 말을 끝내 뱉지 못했다. 내가 무슨 자격으로 아저씨의 지난 이야기를 꺼내는 걸까. 아저씨가 해주던 그 이야기. 아내가 남긴 흔적들에 대한 이야기.

"사람은 사라져도, 그 사람이 남긴 건 사라지지 않는 법이야."

아저씨는 그렇게 말하곤 했다.

나는 아저씨의 표정을 살폈다. 순간, 그의 눈빛이 흔들리는 게 느껴졌다.

"아저씨… 아내….'

내가 그렇게 말끝을 흐리자, 아저씨는 작게 한숨을 쉬며 내 시선을 피했다. 평소처럼 무뚝뚝한 얼굴이었지만, 왠지 모르게 그 어깨가 축 처져 보였다.

"아, 안에 들어가도 되냐고요."

아무래도 이걸 지금 말하는 건 조금 이상한 듯했다. 아니 실은 아저씨가 더 힘들어질까 봐, 무서워 그랬다. 요즘 아저씨는 힘들어 보였다. 눈 밑 다크서클이 더 짙게 보였고, 걸음걸이도 전보다 무거워졌다. 그래서인지 더 늙어 보였다. 아내 이야기를 꺼내며 허공을 바라보던 아저씨가 잊혀지지 않았다. 그 모습이 나를 괜히 조용하게 만들었다.

그래서 말 못 하겠다.

나는 일단 마음속에 묻어두기로 했다.

그리고 다음 날 아침, 아저씨에게 말해볼까 또 잠깐 고민을 했지만, 아저씨 얼굴을 보자마자 생각이 바뀌었다.

그 어떤 말도 지금은 짐이 될 것 같았다.
그래서 난 더 조용히 고개를 숙였다.

그리고 또 다음 날, 그리고 또 다음 날, 계속해서 고민했지만 결국 난 겁쟁이였나보다. 말은 못 하겠더라.

이게 내 인생에서의 가장 큰 실수였다.

정말 큰 실수였다.

세상은 너무나도
허황했다

  모든 뉴스에서는 우리 동네 떡볶이집 화재 사건에 대한 내용만 흘러나왔다. 화면 속에는 검게 그을린 간판과 형체를 알아볼 수 없을 정도로 무너진 잔해가 차갑게 드러나 있었다. 어제까지는 따뜻한 온기와 매운 냄새가 감돌던 그곳이, 이제는 그저 재로 덮인 폐허가 되어버렸다.

  "지난밤, ○○동에 위치한 한 떡볶이 가게에서 원인을 알 수 없는 화재가 발생했습니다. 소방당국은 신고 접수 후 즉시 현장에 출동했지만, 이미 가게는 전소된 상태였습니다. 다행히 손님은 없어 추가 인명 피해는 발생하지 않았지만, 가게 주인인 50대 여성 A 씨가 숨진 채 발견됐습니다. 경찰과 소방당국은 현재 정확한 화재 원인을 조사 중입니다."

뉴스 앵커의 차분하고 기계적인 목소리가 흘러나왔지만, 내 귀엔 그저 공허한 웅얼거림처럼 들릴 뿐이었다.

아주머니가….

믿을 수 없었다. 아니, 믿고 싶지 않았다. 그저께까지만 해도 그곳에서 아주머니는 떡볶이를 담으며 나를 바라봤다. 뭔가 말을 전하고 싶어 하는 듯했지만, 결국 아무 말도 하지 않았던 그날의 침묵이 더욱 선명하게 떠올랐다. 그리고 이제, 그 눈빛마저도 다시는 볼 수 없게 되었다.

핸드폰을 꺼내어 통화 목록을 확인했다. 낯선 번호. 어젯밤 걸려 왔던 그 전화.

그 번호는 여전히 생생한데, 다시 전화를 걸어도 더는 연결되지 않았다. 혹시 그 짧은 순간이 아주머니가 전하려 했던 마지막 인사였을까. 나는 더 이상 확신할 수 없었다.

재석이가 속마음을 털어놓았던 지난날까지도, 나는 재석이에게 어떤 존재였던 걸까. 왜 난 지금까지도 재석이에게 진실을 말한 적이 없었을까. 재석이는 나에게 가장 소중한 친구이자 가장 미안한 존재였다. 내가 없던 마음 한 곳을 주면, 그 여물지 않은 상처를 다시 가져가는 그런 아이였다. 그런데, 왜 난 그런 친구가 되지 못했던 걸까.

그리고 아저씨.

재석이가 받아야 했던 무엇보다도 따뜻한 사랑의 한 부분을 내가 가져갔던 것 같다. 그의 아버지, 아니 아저씨만을 바라보던 나는 너무나 어리석었다. 내가 아저씨를 바라볼 때면, 그는 늘 나만을 바라봐 주었다. 그게 재석이가 되었어야 하지 않을까. 나는 정말 나쁜 아이였다. 그냥 재석이에게 할 말이 없었다. 미안하다는 야속한 감정으로 마음은 저려올 뿐.

나는 한걸음에 경비실로 달려갔다.

그러나 그곳은 텅 비어 있었다.

지나치게 조용한 공간. 창문 사이로 스며든 햇살이 바

닥을 물들이고 있었다. 깨끗이 정리된 책상 위에는 단 하나의 흔적만이 남아 있었다.

오래된 사진.

사진 속에는 아저씨와 한 여자가 있었다. 두 사람은 마주 보며 환하게 웃고 있었다. 여자는 한없이 따스한 미소를 머금은 채 아저씨의 팔짱을 끼고 있었다. 나는 손끝으로 사진을 천천히 훑으며 그 여자의 얼굴을 응시했다.

김여윤.

더 이상 부정할 수 없었다.

나는 왜 그토록 망설이다가 끝내 아무 말도 하지 않았는지, 아저씨가 왜 항상 말없이 하늘을 바라보던 날이 많았는지.

"사람은 사라져도, 그 사람이 남긴 건 사라지지 않는 법이야."

아저씨의 목소리가 귓가에 울려 퍼졌다. 그 말의 의미

가 이제야 가슴 깊숙이 와닿았다. 나는 사진을 조심스레 내려놓고, 천천히 경비실을 나섰다.

바람이 살며시 스쳐 지나갔다. 어디선가 여전히 떡볶이의 매운 냄새가 어렴풋이 느껴지는 듯했다. 그 냄새가 정말로 남아 있는 건지, 아니면 단지 내 기억 속에서 사라지지 않은 잔상일 뿐인지는 알 수 없었다.

그때였다.

멀리서 익숙한 뒷모습이 보였다.

아저씨였다.

어깨가 한껏 축 처진 채, 마치 세상의 무게를 온몸으로 짊어진 듯한 걸음걸이. 그 모습이 나의 가슴을 사정없이 후벼 팠다. 어쩌면 나는 그제야 아저씨의 진짜 슬픔을 마주한 것인지도 모른다.

나는 한참을 망설이다가, 아저씨의 등 뒤로 조용히 다가갔다. 그리고 말했다.

"아저씨… 인생은 가까이서 보면 비극이지만, 멀리서 보면 희극이래요."

아저씨는 아무 말 없이 멈춰 섰다. 그리고 천천히 고개를 들어 하늘을 바라봤다. 그 시선의 끝에는 구름 한 점 없는 파란 하늘이 끝없이 펼쳐져 있었다.

무엇을 생각하고 계시는지, 어떤 감정을 느끼고 계시는지 나는 알 수 없었다. 하지만 그저 함께 이 순간을 바라보는 것만으로도 충분했다.

그건, 정확히 1년 전의 일이었다.

말하지 않아도 마음이 서서히 무너져가던 날들.

내 안에 갇힌 감정들은 끝내 흘러가지 못한 채, 조용히 가라앉았다. 시간이 지나면 잊혀질 줄 알았지만, 아픔은 시간이 흐를수록 더 선명해졌다.

그날의 공기, 그날의 눈빛, 그날의 나. 이 모든 것이 지나갔지만, 나는 아직 그곳에 머물러 있었다.

과정은 말이 되지 못했고, 기억은 의미가 되지 못했다.

남은 건, 설명할 수 없는 공허와 차마 외면할 수 없는 이 한 문장뿐이었다.

"세상은 너무나도 허황했다."

이
벽

초판 1쇄 발행 2025. 6. 24.

지은이 이소인
펴낸이 김병호
펴낸곳 주식회사 바른북스

편집진행 김재영
교정 박하연
디자인 김민지

등록 2019년 4월 3일 제2019-000040호
주소 서울시 성동구 연무장5길 9-16, 301호 (성수동2가, 블루스톤타워)
대표전화 070-7857-9719 | **경영지원** 02-3409-9719 | **팩스** 070-7610-9820

•바른북스는 여러분의 다양한 아이디어와 원고 투고를 설레는 마음으로 기다리고 있습니다.

이메일 barunbooks21@naver.com | **원고투고** barunbooks21@naver.com
홈페이지 www.barunbooks.com | **공식 블로그** blog.naver.com/barunbooks7
공식 포스트 post.naver.com/barunbooks7 | **페이스북** facebook.com/barunbooks7

ⓒ 이소인, 2025
ISBN 979-11-7263-444-5 03810

•파본이나 잘못된 책은 구입하신 곳에서 교환해드립니다.
•이 책은 저작권법에 따라 보호를 받는 저작물이므로 무단전재 및 복제를 금지하며,
 이 책 내용의 전부 및 일부를 이용하려면 반드시 저작권자와 도서출판 바른북스의 서면동의를 받아야 합니다.